ATRIUM

BARBARA PIETRUSZCZAK

DIE HELDIN IN DIR

WARUM DU AUF DEINEN KÖRPER STOLZ SEIN KANNST

Mit Illustrationen von
ANNA RUDAK

Aus dem Polnischen von
KARIN EHRHARDT

Atrium Verlag · Zürich

FSC www.fsc.org
MIX
Papier | Fördert gute Waldnutzung
FSC® C014138

Deutsche Erstausgabe
1. Auflage 2023

Die Originalausgabe erschien 2021 unter dem Titel
Twoje ciałopozytywne dojrzewanie. Przewodnik po zmianach w ciele, pierwszej miesiączce i ciałopozytywności bei Moonka

Aus dem Polnischen von Karin Ehrhardt
Lektorat: Emily Brodtmann
Satz: fuxbux, Berlin
Druck und Bindung: FINIDR, Český Těšín
ISBN 978-3-85535-689-8

www.atrium-kinderbuch.com
www.instagram.com/atrium_kinderbuch_verlag

Dieses Buch ist ein Ratgeber und Sachbuch zum Thema Pubertät und einer positiven Einstellung zum eigenen Körper. Der Inhalt wurde durch Ärzt*innen, u. a. durch eine Gynäkologin, geprüft. Es ist jedoch wichtig, dass du weißt, dass dieses Buch kein Ersatz für eine ärztliche Beratung ist. Solltest du Fragen zu deiner Gesundheit oder gesundheitliche Probleme haben, nimm bitte unbedingt ärztliche Hilfe in Anspruch.

Es ist uns wichtig, dass möglichst viele Personen einen positiven Blick auf die Pubertät vermittelt bekommen. Deshalb teile gerne Auszüge aus diesem Buch mit anderen. Denk jedoch daran, die Autorin und den Buchtitel dabei immer anzugeben. Mit dem Vervielfältigen und Verbreiten des kompletten Textes sind wir nicht einverstanden.

In diesem Buch schreibe ich über Mädchen. Wenn du dich nicht als Mädchen identifizierst, die hier beschriebenen Veränderungen aber auf dich zutreffen, lies weiter und nimm an Wissen für dich mit, was du gebrauchen kannst.

Dieses Buch soll für alle sein. Das möchten wir auch in der Sprache zeigen und haben uns daher dazu entschlossen, u. a. mit dem Gendersternchen zu arbeiten. Wenn du also Freund*innen oder Wissenschaftler*innen liest, sind damit alle Menschen, unabhängig von ihrem Geschlecht und ihrer Geschlechtsidentität, gemeint.

Dieses Buch widme ich dir.
Und all den anderen Mädchen dieser Welt.

Inhalt

KAPITEL 1

15 **Willkommen zu Hause!**

Dein Körper ist dein Zuhause. Hier erfährst du alles über dieses Zuhause und warum es so wichtig für dich ist.

KAPITEL 2

21 **Was ist Pubertät?**

Wozu gibt es sie, wann beginnt sie und was erwartet dich? In diesem Kapitel findest du einen Plan für die Reise, auf die dein Körper in dieser Zeit geht.

KAPITEL 3

33 **Was verändert sich?**

Bist du bereit? Dann lass uns aufbrechen und die Veränderungen erforschen, die die Pubertät mit sich bringt! Damit du genau weißt, was auf dich zukommt.

KAPITEL 4

69 **Sei selbstbewusst!**

Grenzen zu setzen, Nein zu sagen und deine Meinung zu äußern sind wichtige Fähigkeiten. Hier erfährst du, wie du sie während der Pubertät richtig einsetzt.

KAPITEL 5

81 **Wie siehst du dich selbst (und andere)?**

In diesem Kapitel erfährst du, was ein Körperbild ist, und bekommst Tipps, wie du einen positiven Blick auf dich selbst entwickeln und unterstützen kannst.

KAPITEL 6

99 **Dein Körper unterhalb des Bauchnabels**

Wer seinen Körper kennt, kennt sich selbst. Deshalb findest du hier anatomische Zeichnungen und Beschreibungen deiner inneren und äußeren Geschlechtsorgane.

KAPITEL 7

115 **Die erste Periode**

Hier findest du alles über die Periode und den Menstruationszyklus: Was passiert dabei, welche Menstruationsprodukte gibt es und was ist hier zu beachten?

KAPITEL 8

177 **Was kannst du während der Pubertät für dich tun?**

Die Pubertät bringt viele große Veränderungen mit sich. Lerne Tipps und Methoden kennen, die dir dabei helfen, dich weiter in deinem Körper wohlzufühlen.

KAPITEL 9

189 **Wann ist die Pubertät zu Ende?**

Woran erkennt man das? Und ist man damit automatisch erwachsen?

Ein paar Worte am Anfang

Hallo! Mein Name ist Barbara, und ich bin Journalistin. Meine Arbeit besteht darin, zu schreiben, zu lesen und mich mit Menschen über Dinge zu unterhalten, die mich brennend interessieren. Wenn mich ein Thema beschäftigt, kann ich an nichts anderes mehr denken. So bin ich eben. Und eins meiner Lieblingsthemen ist der menschliche Körper!

Ich finde es spannend, was wir alles mit unserem Körper anstellen können, wie er funktioniert und wie alle seine Einzelteile eng miteinander verbunden sind und zusammenarbeiten. Ich glaube fest, dass es sehr wichtig ist, über den eigenen Körper Bescheid zu wissen, denn dadurch versteht man sich auch selbst besser. Das gilt besonders während der Pubertät, in der sich so vieles verändert. Manchmal so rasend schnell, dass man kaum mitkommt.

Damit du weißt, was dich während der Pubertät erwartet, wie du deinen neuen Körper kennenlernen und dich in ihm wohlfühlen kannst, habe ich dieses Buch geschrieben. Ich hoffe, dass du hier alle Antworten auf deine Fragen findest und es dich gut durch diese aufregende Zeit begleitet.

Viel Spaß beim Lesen!

Barbara

Wie kannst du dieses Buch lesen?

Wie du willst! Egal, ob du es allein lesen möchtest oder lieber zusammen mit einer anderen Person. Das entscheidest du selbst! **Wann immer du Lust hast, schreib in das Buch hinein, markiere Wörter oder Sätze.**

Lass dir Zeit beim Lesen. Dieses Buch enthält sehr viele Informationen, also lies es in Ruhe. Du kannst es in einem Rutsch durchlesen oder dir immer wieder kleine Abschnitte vornehmen, die dich gerade besonders interessieren. Mach es so, wie es für dich am besten ist!

Wenn du etwas nicht verstehst oder mehr zu einem Thema erfahren möchtest, frag eine Person, der du vertraust. Und solltest du mal das Wort für einen bestimmten Körperteil vergessen haben, findest du im sechsten Kapitel anatomische Zeichnungen, auf denen alle Körperteile beschriftet sind.

KAPITEL 1

Willkommen zu Hause!

Dein Körper ist dein Zuhause.
Du wohnst in jeder seiner Ecken: im kleinen Finger und im Bauchnabel, in den Haaren und den Pobacken. Jedes Muttermal, jeder Leberfleck, jede Narbe – **das bist du!** Ganz und gar vollkommen und absolut einzigartig.

Du bist dein Körper. Mit ihm kannst du springen, laufen, schreiben und singen. Einen leckeren Kuchen schmecken, Blumen riechen und eine Umarmung spüren. Ein Buch lesen, lachen, schwimmen und noch vieles mehr.

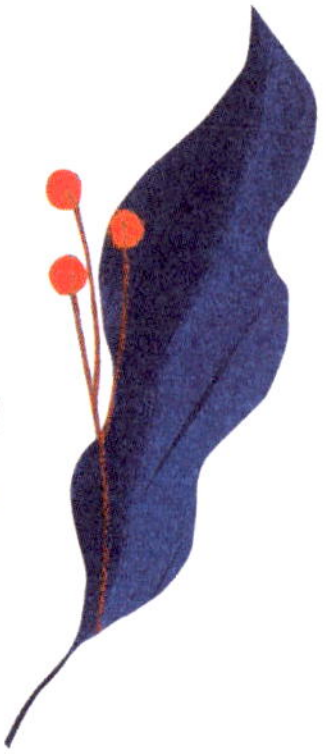

Wenn dir bewusst ist, was dein Körper alles kann, wenn du ihn respektierst und wertschätzt, hast du eine **positive Einstellung zu deinem Körper.** Im Englischen gibt es dafür den Begriff **Body Positivity,** der auch im Deutschen immer mehr verwendet wird und oft auch mit **Selbstliebe** oder **Selbstakzeptanz** übersetzt wird.

Falls dir einiges davon noch schwerfällt, ist das überhaupt nicht schlimm. Es ist ganz natürlich, nicht immer alles an sich gut zu finden. Oft hängt das auch mit der eigenen Stimmung zusammen, die immer wieder wechseln kann. Gerade in solchen Momenten kann es aber hilfreich sein, zu wissen, was in deinem Körper los ist und was du Gutes für ihn tun kannst. In diesem Buch findest du deshalb viele Tipps, die dir dabei helfen können, ein positives Körpergefühl zu entwickeln.

Fangen wir mit einer kleinen Übung an:
Was kannst du mit deinem Körper alles machen? Denk darüber nach und schreib es hier auf. Versuch dabei, nicht nur die Dinge aufzuzählen, die du gerne machst oder in denen du besonders gut bist, sondern auch ganz alltägliche Dinge. Diese Liste ist wie ein kleiner Spickzettel für die Zukunft, falls du einmal vergisst, wie toll dein Körper ist.

Was mein Körper alles kann:

Dein Körper besteht aus vielen kleinen »Bausteinen« – den Zellen. Alle Teile deines Körpers sind aus ihnen zusammengesetzt: Knochen, Gehirn, Blut, Haut, Haare, dein Immunsystem und der ganze Rest.

Es gibt viele verschiedene Arten von Körperzellen, die unterschiedlich groß sind und unterschiedliche Formen haben. Doch alle Zellen sind so klein, dass man sie nur unter einem Mikroskop sehen kann. Die allergrößte von ihnen ist die Eizelle. Merk sie dir, denn sie kommt in diesem Buch noch vor.

Wusstest du, dass …

es Dinge gibt, die noch kleiner als Zellen sind?

Der ganze Kosmos – Planeten, Kometen, der Mond und die Erde – besteht aus winzigen Teilchen, die Atome heißen. Auch du und dein Körper bestehen aus ihnen.

In deinem Körper ist alles miteinander verbunden. Alle Bestandteile arbeiten eng zusammen, und damit sind nicht nur die einzelnen Körperteile gemeint. Du bist schließlich keine Maschine, sondern ein Mensch mit Sinnen und Gefühlen.

Es ist wichtig, dass du auch diesen Teil deines Körpers wahrnimmst und kennst, denn deine Gefühle können dein Energielevel, dein Verhalten und sogar deine Gesundheit beeinflussen. Wenn du traurig oder genervt bist, kannst du davon Bauchschmerzen bekommen. Bist du wütend, tut dir vielleicht der Kopf weh oder dir wird heiß, und wenn du dich freust, fühlst du dich federleicht.

Hör auf die inneren Signale deines Körpers, so oft du kannst.

KAPITEL 2

Was ist die Pubertät?

Die Pubertät ist eine Zeit, in der im Körper – also in deinem Zuhause – große Umbaumaßnahmen und ein gewaltiges Möbelrücken stattfinden. **Eine richtige Renovierung!** Dabei entwickelt sich dein Körper von dem eines Kindes zu dem einer erwachsenen Person.

Deshalb wird die Pubertät auch als Entwicklungsjahre bezeichnet, an deren Ende die Geschlechtsreife steht. Das ist sowohl bei Mädchen als auch bei Jungs so, wobei einige Veränderungen gleich sind, andere sich wiederum unterscheiden.

Bei Mädchen fängt die Pubertät meistens zwischen dem 8. und 13. Lebensjahr an und dauert im Schnitt etwa drei bis sechs Jahre.

In dieser Zeit wird sich nicht nur dein Körper intensiv verändern. Auch deine Persönlichkeit, deine Gefühle, deine Gedanken, Einstellungen und Weltanschauung (also die Art, wie du die Welt siehst) verändern sich.

Ein kleiner Ausflug in die Welt der Emotionen und Gefühle

Freude, Traurigkeit, Angst, Ekel oder Wut – all diese Gefühle kannst du empfinden! Sie sind Teil der Emotionen, die sich auch in deinem Körper bemerkbar machen und anzeigen, wie es dir geht. Das passiert durch komplexe Vorgänge, die dadurch entstehen, dass dein Körper auf Signale und Reize aus deiner Umwelt reagiert. Die Signale, die dich erreichen, werden im zentralen Nervensystem und im Gehirn verarbeitet, die dann wiederum die Reaktionen auslösen. Dazu zählen auch körperliche Reaktionen.

Emotionen beeinflussen dein Verhalten und deine Beziehungen zu anderen Menschen. Damit du dich und deinen Körper besser verstehst, ist es wichtig, die verschiedenen Emotionen und damit zusammenhängenden Gefühle kennenzulernen und sie einschätzen zu können.

Während der Pubertät wechseln deine Gefühle manchmal schnell. Sie werden auch intensiver und komplizierter. Das kann sehr verwirrend sein, vor allem, wenn du nicht genau beschreiben kannst, wie du dich fühlst. Wenn du deine Gefühle allerdings kennst und verstehst, wird es dir leichter fallen, mit ihnen umzugehen.

Gefühle sind deine Verbündeten. Sie helfen dir, zu erkennen, was gut oder nicht gut für dich ist, und weisen dir einen Weg. **Aber sie bestimmen nicht über dich und dein Leben.** Du kannst entscheiden, wie du mit ihnen umgehst!

Gefühle sind wie Wellen. Wenn du sie zulässt, werden sie kommen, eine Zeit lang bei dir bleiben und dann wieder wegfließen. Wenn du sie aber unterdrückst, fangen sie an in dir zu brodeln (wie Wasser im Wasserkocher) und können irgendwann unerwartet überkochen und dich überfluten.

Was macht man mit einem Schwall von Gefühlen?

Die einfachste Antwort ist: **Lass sie zu und erlaube ihnen, durch dich hindurchzufließen (auch wenn das nicht unbedingt einfach oder angenehm ist).**

Wenn du magst, sprich mit einer vertrauten Person darüber. Jeder von uns wird mal von den eigenen Gefühlen überwältigt – das ist ganz normal. Wichtig ist, dass du dich nicht alleine damit herumschlägst.

Es gibt keine guten oder schlechten Gefühle. Manche sind natürlich angenehmer als andere, aber alle sind gleich wichtig. In unserer Gesellschaft wird Mädchen oft vermittelt, dass sie nicht wütend sein dürfen. Aber Wut ist ein wichtiges Gefühl, denn sie warnt dich, dass etwas nicht in Ordnung ist, und gibt dir Energie, um etwas dagegen zu unternehmen, z.B. einen Angriff abzuwehren oder Nein zu sagen. Es ist gut, wenn man die eigene Wut ausdrückt, aber die Art und Weise, wie man sie ausdrückt, ist genauso wichtig.

Wusstest du, dass …

die Pubertät in vielen Kulturen unserer Welt als etwas besonders Wichtiges angesehen und deshalb gefeiert wird? Während sie bei uns leider häufig eher als eine unangenehme, peinliche oder sogar schwierige Phase gilt, über die man lieber nicht spricht, sondern die man einfach hinter sich bringen muss, werden in anderen Kulturen die körperlichen Veränderungen und der Übergang von der Kindheit zum Erwachsenwerden durch spezielle Bräuche und Rituale gefeiert. Bei den Venda in Südafrika gibt es zum Beispiel jedes Jahr viele wichtige Übergangsrituale, deren Höhepunkt der sogenannte *Domba-Tanz* oder auch *Tanz der Python* ist. Er wird von den Mädchen, die schon ihre erste Periode hatten, getanzt, die damit unter anderem die Veränderungen in ihrem Körper feiern.

Die Pubertät ist eine sehr besondere Zeit in deinem Leben. Man kann sie gut mit einer Reise ins Unbekannte vergleichen. Hier findest du deshalb einen Reiseplan, damit du dich auf die verschiedenen Stationen vorbereiten kannst.

REISEPLAN – Schritt für Schritt

Was passiert?

7–11 Jahre

Sie kommen!!! Darf ich vorstellen: die Hormone. Sie werden von der Hirnanhangsdrüse ausgeschüttet, wandern zu den Eierstöcken und geben ihnen den Befehl, zu wachsen und Geschlechtshormone zu produzieren.

Das ist der Startschuss für deine Reise. Los geht's!

9–14 Jahre

Du wächst jetzt schneller als bisher (in dem Jahr vor deiner ersten Periode sogar bis zu 8 cm).

Außerdem fängt deine Brust langsam an zu wachsen. Kleine Knubbel, die sogenannten Brustknospen, sind ein erstes Anzeichen dafür, dass bei dir die Pubertät begonnen hat.

10–16 Jahre

Die Haare auf deinen Beinen werden dunkler und dichter. Außerdem erscheinen neue Haare unter deinen Achseln und im Intimbereich. Bei den meisten Mädchen passiert das ein oder anderthalb Jahre nach Beginn des Brustwachstums.

Du wirst vielleicht auch ein paar »Nebenwirkungen« der Pubertät bemerken, wie Pickel oder Körpergeruch. Mehr dazu im nächsten Kapitel.

9–16 Jahre

Etwa zwei Jahre nachdem deine Brust angefangen hat zu wachsen, bekommst du deine erste Periode! Dazu erfährst du mehr in Kapitel 7.

Etwa zu diesem Zeitpunkt verlangsamt sich das Wachstum deines Körpers. Du wächst jetzt ungefähr noch weitere 7 cm.

13–18 Jahre

Jede Menge Hirn! Dein Gehirn wird größer und entwickelt sich weiter. Du kannst zum Beispiel deine Gefühle und die Beziehungen zu deinen Mitmenschen besser einschätzen. Deine Gedanken werden vielschichtiger, du lernst, über komplizierte Dinge nachzudenken, und deine Beobachtungsgabe wird schärfer.

Dein Gehirn ist das Organ, das sich am längsten entwickelt. Vollständig ausgebildet wird es erst etwa bis zu deinem 25. Lebensjahr sein!

Im nächsten Kapitel wird jede dieser Phasen der Pubertät noch einmal genauer vorgestellt, damit du weißt, was auf dich zukommt.

Bist du bereit? Dann lass uns loslegen!

HIRNANHANGS-
DRÜSE
DIE HORMON-
WELLE
KOMMT!
7 - 11
Jahre
REISE-
PLAN
BRUST-
KNOSPEN
9 - 14
Jahre

9 – 14
Jahre
SCHUSS
DIE HÖHE
NEUE
HAARE!
PICKEL
GO!
10 – 16
Jahre
DIE ERSTE PERIODE
9 – 16
Jahre

KAPITEL 3

Was verändert sich?

Die Pubertät beginnt ganz unauffällig mit einem kleinen Ereignis in deinem Kopf: Die im Gehirn sitzende Hirnanhangsdrüse wird aktiv und beginnt, **Hormone** auszuschütten.

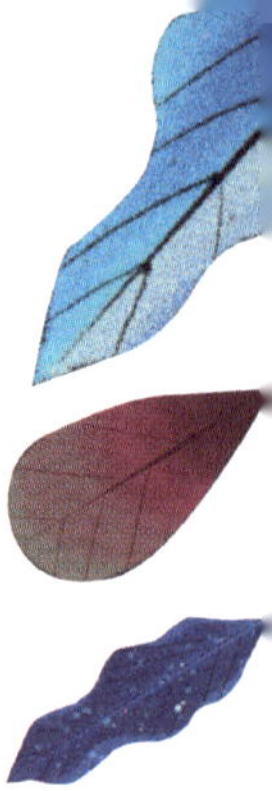

Hormone sind Stoffe, die in deinem Körper als Boten arbeiten. Sie bewegen sich mit dem Blut durch den ganzen Organismus und überbringen Nachrichten an die einzelnen Organe, um ihnen zu sagen, was zu tun ist (oder was zu lassen ist).

Von der Hirnanhangsdrüse wandern die Hormone bis zum unteren Bauch, in dem deine Eierstöcke liegen (über diese Organe erfährst du auf den folgenden Seiten mehr).

Die Hormone geben den Eierstöcken den Befehl zu wachsen und weitere Hormone zu produzieren – die sogenannten **Geschlechtshormone.**

Die Geschlechtshormone verteilen sich im ganzen Körper und lösen dort weitere Prozesse aus. Mit den kleinen Boten kommen große Veränderungen!

Die wichtigsten weiblichen Geschlechtshormone sind die sogenannten **Östrogene**. Sie sorgen z. B. dafür, dass deine Brüste wachsen und sich deine Geschlechtsorgane entwickeln. Außerdem spielen sie eine wichtige Rolle während des Menstruationszyklus.

Weitere wichtige Geschlechtshormone sind **Progesteron und Prolaktin,** die vor allem während einer Schwangerschaft zum Einsatz kommen.

Übrigens bilden auch die Körper von Männern und Jungs, bei denen die Pubertät begonnen hat, Östrogen und Progesteron. Genau wie auch die Körper von Frauen und Mädchen Testosteron bilden – also das Geschlechtshormon, das zum großen Teil für die männliche Geschlechtsreife verantwortlich ist.

Hormone wandern auch nicht erst mit der Pubertät durch deinen Körper. Einige sind seit deiner Geburt da und regeln im Körper verschiedene Vorgänge wie z. B. deinen Schlafrhythmus oder deinen Blutdruck.

Alles wächst

Du wächst jetzt wie verrückt – etwa 8–10 cm im Jahr. Deshalb wird diese Phase auch **Wachstumsschub** genannt. Das Tempo, in dem du wächst, ist mit dem eines zweijährigen Kindes vergleichbar.

Jede verändert sich in ihrem eigenen Tempo.

Bei manchen sind die Wachstumsschübe von heute auf morgen deutlich zu erkennen, andere wachsen eher über einen längeren Zeitraum Stück für Stück. Das ist alles völlig in Ordnung. **Dein Körper ist klug und weiß, was er tut!**

Gesichtszüge

Nicht nur deine Körpergröße, auch dein Gesicht verändert sich. Deine Nase wächst, deine Stirn wird breiter und dein Gesicht wird schmaler. **Allmählich siehst du immer erwachsener aus.**

Eins nach dem anderen!

Die einzelnen Körperteile werden vermutlich nicht gleichmäßig schnell wachsen, das tun sie eigentlich bei niemandem! **Zuerst werden wahrscheinlich deine Füße und Hände größer.** Deshalb brauchst du zum Beispiel auch ständig neue Schuhe.

Viele Veränderungen

Während der Wachstumsphase ist es ganz normal, dass man sich ein bisschen fremd in seiner Haut fühlt. Die vielen Veränderungen in deinem Körper sind aufregend und können manchmal auch etwas unangenehm oder merkwürdig sein.

Die gute Nachricht ist, dass nicht alles ganz plötzlich und gleichzeitig passiert. Du wirst viel Zeit haben, dich an die Veränderungen zu gewöhnen und deinen neuen Körper kennenzulernen.

Vertrau der Heldin, die in dir steckt!

Neue Formen

Dein Körper wird nicht nur länger, auch deine Körperform verändert sich während der Pubertät. Zum Beispiel weitet sich dein Becken, wodurch deine Hüften breiter werden. Das Becken einer Frau ist breiter als das eines Mannes, weil die Frau – sollte sie sich dazu entschließen – schwanger werden und ein Kind zur Welt bringen kann.

Auch deine Oberschenkel, dein Po und dein Bauch können während der Pubertät weicher und rundlicher werden. Das liegt an dem Fettgewebe, das sich in dieser Zeit unter der Haut sammelt. Im Vergleich zu Männern haben Frauen mehr Fettgewebe, weil die darin eingelagerte Energie bei einer Schwangerschaft gebraucht werden könnte.

Obwohl die Veränderungen während der Pubertät bei allen Mädchen ähnlich sind, bedeutet das nicht, dass alle gleich aussehen werden. Schließlich unterscheiden sich auch erwachsene Frauen voneinander, selbst wenn sie gleich alt sind. Die eine Frau ist vielleicht groß und kräftig, die nächste klein und rundlich und eine andere schlank, mit breiten Hüften und kleinen Brüsten. Wir sind alle unterschiedlich, und das ist auch gut so.

Es gibt nicht die EINE Form, in die alle Frauen oder Mädchen dieser Welt passen – auch wenn das auf Social Media oder in der Werbung oft so dargestellt wird. Jeder Körper ist einzigartig schön.

Brüste

Wenn deine Brüste anfangen zu wachsen, ist das ein erstes Anzeichen dafür, dass deine Pubertät begonnen hat.

Du wirst auf jeden Fall merken, wenn es losgeht: Die Stellen um deine Brustwarzen fangen an sich zu wölben und werden wahrscheinlich auch ein bisschen empfindlich. Das alles passiert in etwa zwischen deinem 9. und 14. Geburtstag, aber auch hier gilt, dass jeder Körper sein eigenes Tempo hat.

Während des Wachstums können deine Brüste auch unterschiedlich groß sein, weil die eine vielleicht schneller wächst als die andere. **Auch bei erwachsenen Frauen ist die eine Brust oft ein bisschen größer als die andere!**

Es kann drei, fünf oder mehr Jahre dauern, bevor deine Brüste vollständig entwickelt sind. Das ist von Mädchen zu Mädchen unterschiedlich.

Denk immer daran: Dein Körper entwickelt sich in dem Tempo, das für dich genau richtig ist.

Warum sind Brüste bei manchen groß und bei anderen klein?

Die Größe und Form der Brüste ist größtenteils erblich bedingt. Das bedeutet, dass deine Brüste wahrscheinlich ähnlich groß sein werden wie die deiner Mama, Oma oder Schwester.

Das Aussehen der Brüste verändert sich auch bei erwachsenen Frauen noch. Ursachen dafür können zum Beispiel ein anderes Körpergewicht, eine Schwangerschaft mit Stillzeit oder das Alter sein.

Wozu haben Frauen Brüste?

In den Brüsten wird die Milch produziert, mit der Frauen ihre Kinder stillen. Das ist bei allen Säugetieren, zu denen auch der Mensch gehört, gleich. In der Muttermilch ist alles enthalten, was Babys und Kleinkinder brauchen. Schon in der Schwangerschaft bereiten sich die Brüste darauf vor, Milch herzustellen, damit das Kind gleich nach der Geburt Nahrung bekommen kann.

Für das Stillen eines Babys spielt die Größe der Brust keine Rolle. Kleine Brüste können genauso gut Milch produzieren wie große.

Übrigens: Jungs wachsen keine Brüste, aber auch sie haben Brustwarzen. Das liegt daran, dass sich die Brustwarzen bei einem Embryo schon entwickeln, bevor klar ist, welches biologische Geschlecht das Kind haben wird. Die Brustwarzen werden also quasi für alle Fälle ausgebildet.

Weißt du, was eine Amme ist?

Früher gab es den Beruf der Amme. Das waren Frauen, die (meistens von reichen Familien) angestellt wurden, um mit ihrer eigenen Muttermilch fremde Kinder zu stillen. Zum Beispiel, weil die Mütter nicht selbst stillen konnten.

Heute gibt es keine Ammen mehr. Das heißt aber nicht, dass es selbstverständlich ist, dass jede Frau ihr Baby stillen kann oder möchte. Inzwischen gibt es viele Alternativen, um ein Baby ausreichend zu ernähren.

Brustwarzen

Wenn deine Brüste größer werden, wirst du feststellen, dass sich auch die Brustwarzen verändern. Sie können anschwellen, hervortreten oder eine andere Farbe annehmen. Möglich ist auch, dass dir um die Brustwarze herum einzelne Härchen wachsen. **Das alles ist völlig normal.**

Brustwarzen können ganz unterschiedlich aussehen und sich verändern. Durch Berührung oder durch Kälte werden sie zum Beispiel hart, im »entspannten Zustand« sind sie dagegen locker und weich.

Der erste BH

Viele Frauen tragen einen BH (was die Abkürzung für Büstenhalter ist), weil es für sie angenehm ist. Wie der Name schon sagt, gibt der BH den Brüsten Halt. Wenn du zum Beispiel im Sportunterricht läufst und springst, bewegen sich deine Brüste natürlich zusammen mit dir, und nicht jede empfindet das als angenehm.

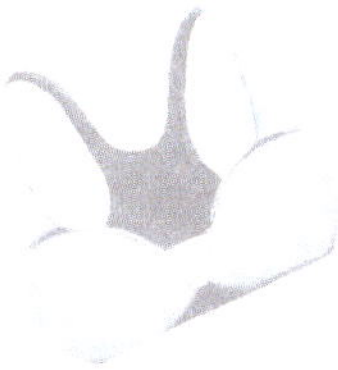

Ein passender BH entlastet auch den Rücken, denn ab einer gewissen Brustgröße können die Brüste schwer sein.

Wenn deine Brüste wachsen, möchtest du vielleicht auch deinen ersten BH kaufen – und wenn auch erst mal nur, um herauszufinden, wie es sich anfühlt, so ein Kleidungsstück zu tragen, und ob ein BH etwas für dich ist. Wenn du dazu bereit bist, sprich mit deiner Mama, deinem Papa oder einer anderen Person, der du vertraust. Vielleicht könnt ihr zusammen ins Geschäft gehen oder verschiedene BH-Modelle im Internet bestellen.

Jede Frau und jedes Mädchen sollte selbst die Entscheidung treffen, ob sie einen BH tragen möchte oder nicht. Manche Frauen empfinden BHs als überflüssig oder unbequem, für andere sind sie ein wichtiger Bestandteil ihrer Kleidung.

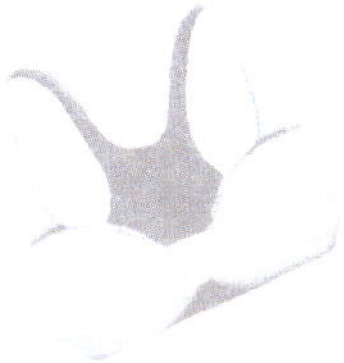

Wie findest du die richtige Größe?

75 C, 90 A, 80 B – was genau steckt hinter diesen Zahlen-Buchstaben-Kombinationen? Die Zahl gibt den Umfang des Brustkorbs direkt unterhalb der Brüste in Zentimetern an. Der Buchstabe gibt die Größe der Körbchen an, in denen die Brüste liegen werden. In vielen Läden werden aber auch BHs in Standardgrößen angeboten (z. B. S, M oder XXL).

Wenn du dich entscheiden solltest, einen BH zu tragen, ist es gut, deine BH-Größe zu kennen, damit du dir den passenden aussuchen kannst. **Denn am wichtigsten ist, dass der von dir gewählte BH bequem ist.** Sollte er zum Beispiel sehr drücken, such einen anderen aus. Am besten gehst du in ein Geschäft, in dem BH-Fachverkäufer*innen arbeiten. Sie wissen sehr viel zu diesem Thema und können dich gut beraten.

Das Gewicht

Wachsende Knochen, Muskeln und mehr Fettgewebe sorgen dafür, dass du allmählich mehr wiegst. **Das ist völlig natürlich – bitte vergiss das nie!** Manche Mädchen sind fälschlicherweise der Meinung, Gewichtszunahme sei etwas Schlechtes, und verändern daraufhin ihre Ernährung. In den meisten Fällen gibt es dazu allerdings überhaupt keinen Grund. Ganz im

Gegenteil: Gerade während der Pubertät ist es für dich und deinen Körper enorm wichtig, gehaltvolle Nahrung zu dir zu nehmen, damit sich dein Körper gut entwickeln und weiter wachsen kann. Im achten Kapitel verrate ich dir deshalb, wie du dich ausgewogen ernähren kannst!

Eine Gewichtsveränderung hat jedoch nicht immer etwas mit der Ernährung zu tun. Sie kann auch an einem unausgeglichenen Hormonhaushalt liegen oder an zu wenig bzw. zu viel Bewegung. **Wenn dich etwas an deinem Gewicht beunruhigt, sprich darüber mit einer Person, der du vertraust.** Ihr könnt dann zusammen zu einer Ärztin oder einem Arzt gehen, um feststellen zu lassen, ob alles in Ordnung ist.

Dehnungsstreifen

Es kann vorkommen, dass deine Haut bei einem besonders heftigen Wachstumsschub nicht mehr mitkommt. Schließlich muss sie sich ziemlich strecken, damit dein wachsender Körper darin Platz findet! Es ist deshalb ganz normal, dass auf den Hüften, den Pobacken, den Oberschenkeln, den Brüsten und manchmal sogar auf dem Rücken helle oder leicht rötliche Streifen auftauchen.

Das sind sogenannte **Dehnungsstreifen**. Sie treten nicht nur bei Wachstumsschüben in der Pubertät auf, sondern immer dann, wenn sich die Haut schnell dehnen muss, z.B. in der Schwangerschaft, nach plötzlicher Gewichtsveränderung oder nach intensivem Training. Männer können also auch Dehnungsstreifen bekommen!

Manche Menschen nennen sie »Tigerstreifen«, weil sie an das Fellmuster dieser schönen Tiere erinnern.

Cellulite

Cellulite ist eine Veränderung der Hautstruktur, die die Haut leicht dellig erscheinen lässt. Am häufigsten sieht man sie auf Oberschenkeln, Po oder dem Bauch. Sie entsteht, wenn sich Fettzellen aus der untersten Hautschicht durch das Bindegewebe der Haut drängen.

Cellulite tritt bei Frauen häufiger als bei Männern auf, einfach weil bei ihnen die Struktur der Haut anders ist.

Cellulite ist völlig normal und tritt bei fast jedem Mädchen und jeder Frau auf.

Leider denken viele Frauen, dass Cellulite sie weniger schön sein lässt, auch deshalb, weil man diese Botschaft häufig in Werbungen für Cremes und Produkte zur »Bekämpfung« von Cellulite sieht. Wenn du so etwas hörst, erinnere dich daran, dass dein Körper großartig ist und genau weiß, was er tut. Denn das schwächere Bindegewebe bei Frauen hat auch Vorteile. Bei einer Schwangerschaft zum Beispiel kann sich der Körper dadurch besser auf die Veränderungen einstellen.

Talg, Pickel und der ganze Rest

Deine Haut hat eine Menge Drüsen. Du kannst sie dir wie kleine Miniorgane vorstellen, die verschiedene Substanzen produzieren, z. B. Tränen, Talg oder Schweiß.

Ein Teil dieser Drüsen wird erst in der Pubertät aktiv, so auch die Talgdrüsen.

Talg (oder auch Sebum) ist eine Art Öl, **das deine Haut schützen und befeuchten soll**, damit sie geschmeidig bleibt und nicht aufplatzt. Wenn die Talgdrüsen in der Pubertät aktiv werden, müssen sie erst noch lernen, die Talgproduktion richtig zu regulieren, und geben manchmal mehr als nötig ab, sodass z. B. deine Kopfhaut schneller als früher fettet und deine Haare schwer und ölig werden.

Keine Panik, das regelt sich nach einer Weile von alleine. Bis dahin kannst du deine Haare einfach waschen, sobald es dich stört.

Außerdem verstopft der Talg manchmal die Poren deiner Haut (das sind kleine Öffnungen, durch die deine Haut atmet). Dadurch können Pickel entstehen – ein typischer Nebeneffekt der Pubertät.

Sie erscheinen am liebsten in deinem Gesicht oder auf deinem Dekolleté. Es ist besser, die Pickel nicht anzufassen, sondern die Stellen mit einem milden Hautreinigungsprodukt zu waschen und geduldig abzuwarten. Wenn die Pickel aber wehtun oder du sehr viele von ihnen hast, könnte es sinnvoll sein, eine Hautärztin oder einen Hautarzt um Rat zu fragen oder die Pickel in einem Kosmetikstudio professionell behandeln zu lassen.

Leider kommen Pickel gerne immer wieder, auch bei Erwachsenen!

Ab und zu ein paar Pickel hat jede von uns.

Vergiss nicht: Hautrötungen und Pickel sind normal. Manchmal fällt es schwer, nicht an sie zu denken, vor allem, wenn sie wehtun und nerven. Manchmal sind sie einem auch vor anderen unangenehm. Das ist okay, aber es ist wichtig, sich daran zu erinnern, dass deine Freund*innen nicht die Pickel sehen, sondern jemanden, den sie mögen.

Schweiß

Auch Schweiß wird in kleinen Drüsen gebildet und gelangt über diese winzigen Kanäle an die Hautoberfläche.

Es gibt kleine und große Schweißdrüsen. Die kleinen sind über den ganzen Körper verteilt, wobei die meisten von ihnen in den Fußsohlen, Handinnenflächen und in der Stirn liegen. Die großen Schweißdrüsen werden erst während der Pubertät voll funktionsfähig. Es gibt sie nur an bestimmten Körperstellen, zum Beispiel in den Achselhöhlen und im Genitalbereich.

Schwitzen kann ein körperliches Anzeichen dafür sein, wie es dir geht. Du schwitzt, wenn du rennst oder wenn dir heiß ist, aber auch, wenn du ängstlich, genervt, aufgeregt oder wütend bist.

In der Pubertät ist es völlig normal, stärker zu schwitzen.

Ähnlich wie die Talgdrüsen müssen auch die großen Schweißdrüsen erst lernen, wie viel sie absondern. Deshalb wirst du während der Pubertät mehr als bisher unter den Armen und zwischen den Beinen schwitzen. Das ist ganz natürlich.

Auch der Geruch deines Schweißes wird deutlicher und kann manchmal etwas unangenehm sein. Das passiert, wenn die auf deiner Haut lebenden Bakterien den Schweiß zersetzen (keine Angst – sie gehören dorthin). Um unangenehme Gerüche zu vermeiden, reicht es, **wenn du dich regelmäßig wäschst und duschst.** Aber du musst es mit der Körperhygiene auch nicht übertreiben, denn Körpergerüche sind normal. Wenn du unterwegs bist, kannst du auch ein Deo benutzen.

Gegen das Schwitzen im Intimbereich braucht man keine besonderen Produkte – tägliches Waschen und Unterwäschewechseln reichen aus.

Haare

Während der Pubertät werden an deinem Körper Haare an Stellen erscheinen, an denen vorher keine waren, zum Beispiel **unter deinen Achseln und im Intimbereich.** Manchmal kommen viele auf einmal, und **manchmal erscheinen sie zuerst vereinzelt.**

Die Intimbehaarung wächst auf dem Venushügel, im Leistenbereich, um den Darmausgang herum und manchmal auch bis zum Bauch und dem Bauchnabel. Sie schützt dich unter anderem vor Schürfstellen.

Vielleicht hast du auch schon mal den Begriff Schamhaare gehört. Da man sich für die Haare im Intimbereich allerdings nicht zu schämen braucht, ist dieser Begriff unpassend und sollte nicht mehr verwendet werden.

Auch über und unter den Lippen, an den Augenbrauen, auf den Beinen, Händen oder Füßen können mehr Haare erscheinen. Die, die schon da waren, **werden oft dunkler und ein bisschen kräftiger.** Die Veränderung deines Körpers und die damit zusammenhängende Hormonproduktion können auch dafür sorgen, dass neue Härchen aus Muttermalen und Warzen herauswachsen, und einzelne Haare werden eventuell auch um die Brustwarzen herum sichtbar. All diese Dinge sind ganz normal.

Vielleicht werden deine neuen Haare die gleiche Farbe haben wie die Haare auf deinem Kopf. Es kann aber auch sein, dass sie dunkler oder heller sind. **Alle Mädchen sind verschieden, und jeder Körper ist komplett anders.**

Wusstest du, dass …

sich die meisten deutschen Frauen noch vor 40 Jahren kaum bis gar nicht rasierten? Seitdem vermittelten allerdings immer wieder Anzeigen in Zeitschriften oder Werbespots von Rasierer-Herstellern den Eindruck, dass Frauen eine glatte Haut haben müssen, sodass viele Frauen immer öfter zu Haarentfernungsprodukten griffen.

Auch in Filmen und auf Social Media werden meistens haarlose Frauenkörper gezeigt. Deshalb denken viele Menschen, dass alle Mädchen und Frauen so aussehen müssen. Das stimmt natürlich nicht, und tatsächlich gibt es heute immer mehr Frauen, die sich gegen das Rasieren entscheiden und dies z. B. auch bewusst auf TikTok oder Instagram zeigen.

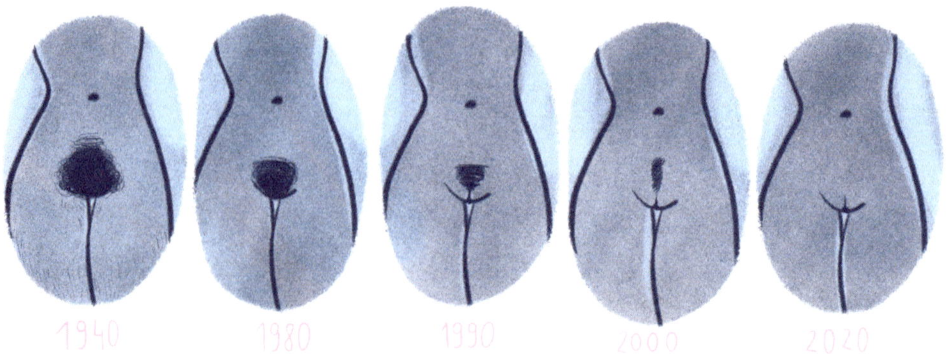

Körperhaare kann man entfernen, man kann es aber auch lassen. Manche Frauen rasieren sich gar nicht, andere nur im Sommer. Einige entfernen die Haare nur von den Waden, und andere epilieren die Beine komplett, rasieren sich aber nicht unter den Armen.

Wie bei allem, was deinen Körper betrifft, liegt die Entscheidung ganz bei dir. Frag dich am besten, ob du dich rasieren willst, weil du das selbst möchtest oder weil dich die Kommentare anderer Leute dazu veranlasst haben.

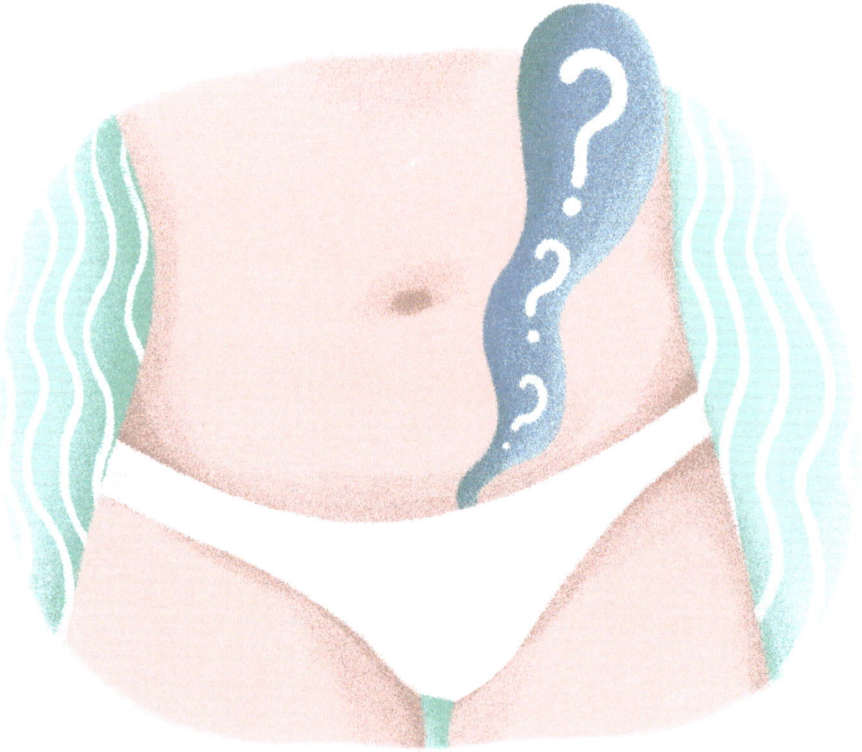

Ausfluss und Gerüche aus der Vagina

Über die **Vagina** erfährst du später im Buch noch einiges mehr. Sie zählt zu deinen inneren Geschlechtsorganen.

Wenn du in deiner Unterhose einen weißen Ausfluss entdeckst – keine Sorge! **Dieses Sekret, auch Weißfluss genannt, zeigt an, dass du in ungefähr sechs bis zwölf Monaten wahrscheinlich deine erste Periode bekommen wirst.**

Sobald die erste Periode kommt, wird deine Vagina verschiedene Ausflussarten produzieren – an manchen Tagen einen etwas cremigen Ausfluss und an anderen Tagen ein Sekret, das an frisches Eiweiß erinnert. Das soll alles genau so sein!

Wenn du deine Periode ein paarmal hattest (mehr dazu in Kapitel 7), wirst du wahrscheinlich die unterschiedlichen Ausfluss-Arten kennen und einordnen können.

Wichtig: Sollte sich die Konsistenz oder Farbe deines Ausflusses einmal stark verändern (z. B. sehr zähflüssig sein) oder dein Ausfluss dir in irgendeiner Form Beschwerden bereiten, solltest du das so bald wie möglich mit deiner Gynäkologin oder deinem Gynäkologen abklären.

Deine Vagina hat außerdem einen bestimmten Eigengeruch, der sich auch verändern kann. Das ist ebenfalls ganz normal und nichts, wofür man sich schämen muss.

Wie bereits erwähnt, brauchst du keine besonderen Produkte, um dich im Intimbereich zu waschen – Wasser und eventuell eine milde Seife reichen völlig aus. Wichtig ist allerdings, dass du nur den äußeren Bereich wäschst. Der innere Bereich, also die Vagina, braucht keine extra Wäsche. **Sie wurde von der Natur so entworfen, dass sie sich selbst reinigt!**

Bist du bereit, die Reise fortzusetzen? Im nächsten Kapitel erfährst du, wie du trotz der vielen Veränderungen selbstbewusst sein kannst und dadurch eine positive Einstellung zu deinem Körper aufbaust.

KAPITEL 4

Sei selbst-bewusst!

Während deiner Pubertät ändert sich eine ganze Menge, auch in deinem Umfeld. **Dieses Kapitel soll dir dabei helfen, mit neuen Situationen zurechtzukommen.** Wenn du dich überfordert fühlst, mach es nicht mit dir alleine aus, sondern hol dir auf jeden Fall Hilfe.

Vielleicht stellst du während der Pubertät fest, dass Menschen plötzlich anders mit dir umgehen als vorher. Es könnte sein, dass manche zum Beispiel die Veränderungen an deinem Körper kommentieren werden. Diese Bemerkungen wirst du vielleicht als angenehm oder hilfreich empfinden, aber sie könnten dich auch verlegen machen oder verletzend sein.

Vergiss nicht: Solche Bemerkungen sagen nichts über dich direkt aus, sondern ganz viel über die Menschen, die sie aussprechen.

Vielleicht wissen sie selbst nicht, wie sie sich verhalten sollen, oder verstehen nicht, dass Worte verletzen und beschämen können. Das heißt aber nicht, dass du diese Bemerkungen einfach so hinnehmen musst.

Wenn du mit der Art, wie man mit dir umgeht, nicht einverstanden bist, ist es dein gutes Recht, das laut zu sagen. Das kann man lernen. Und es lohnt sich, denn so achtest du auf dich und zeigst anderen, dass du Grenzen hast, die nicht überschritten werden dürfen.

Hier ein paar Beispiele:

1. Annas Tante sagt auf einer Geburtstagsfeier vor der ganzen Familie:

»Anni, deine Brüste sind ja ganz schön groß geworden! Langsam wirst du zu einer richtigen Frau!«

Anna ist der Kommentar ihrer Tante unangenehm, und dass diese ein so sensibles Thema vor allen angesprochen hat, gefällt ihr nicht. Sie könnte antworten, dass sie nicht möchte, dass die Tante über ihre Brüste spricht, weil es ihr unangenehm ist und ihr Körper nur sie selbst etwas angeht.

2. Als Anna in einem neuen Kleid zur Schule kommt, sagt eine Mitschülerin zu ihr:

»Du siehst furchtbar aus in diesem Fummel! Nie im Leben würde ich so was anziehen!«

Hier könnte Anna antworten: »Okay, kann sein, dass dir das Kleid nicht gefällt, aber das hättest du auch anders sagen können. Außerdem gefalle ich mir darin – und darauf kommt es an.«

3. Ein Mann pfeift Anna auf der Straße hinterher und ruft:

»Schöne Beine!«

Anna fühlt sich daraufhin unwohl. Solche Kommentare sind bereits eine Form von Belästigung. Anna könnte den Kommentar ignorieren und einfach weiterlaufen. Sie könnte ihrem Ärger auch Luft machen und den Mann zur Rede stellen. Diese Option sollte sie allerdings nur wählen, wenn sie sich absolut sicher fühlt (z. B. weil sie nicht allein unterwegs ist).

Immer mehr Frauen und Mädchen teilen auf Social Media ihre Erfahrungen mit Belästigungen. Denn nur wenn darüber gesprochen wird, kann sich auch etwas ändern. Aber in der jeweiligen Situation ist am allerwichtigsten, auf die eigene Sicherheit zu achten.

Wenn dir so etwas passiert, geht deine Sicherheit immer vor. In einer gefährlichen Situation ist es in jedem Fall besser, schnell wegzugehen. Falls dir die Person folgt, wende dich schnellstmöglich an eine vertrauenswürdige Person in deiner Umgebung.

Jede Situation ist anders. Pass gut auf dich auf und vertraue deinem Bauchgefühl. Meistens sagt es dir, ob eine Situation gerade gut für dich ist oder nicht.

Hier kannst du dir selbst ein paar Situationen zum Grenzensetzen überlegen und aufschreiben, wie du darauf reagieren könntest:

Mehr zum Thema Neinsagen

Insbesondere Mädchen fällt es manchmal schwer, Nein zu sagen und anderen etwas zu verweigern. Vermutlich, weil lange Zeit eine ganz bestimmte Vorstellung in unserer Gesellschaft davon existierte, wie Mädchen sein sollten: nett, hilfsbereit und fröhlich. Das sind zwar alles gute Eigenschaften, aber Mädchen sind natürlich viel mehr als das. Auch sie sind manchmal verärgert, wütend oder schlecht gelaunt. Das sollte inzwischen allen klar sein, ist aber leider oft nicht so. Wenn Mädchen schlechte Laune haben, werden sie häufig als zickig oder hysterisch abgewertet. Sie gelten auch oft als aufmüpfig, wenn sie ihre Gefühle (vor allem die negativen) offen zeigen.

Mädchen sollten niemals auf bestimmte Eigenschaften reduziert werden, sondern ihre eigene Meinung sagen und ihre individuellen Bedürfnisse ansprechen können. Und dazu muss man manchmal auch Nein sagen können.

Hör auf dich!

Viele Mädchen und Frauen trauen ihren eigenen Wahrnehmungen und Gefühlen nicht, wenn sie etwas Beunruhigendes erlebt haben. Manchmal denken sie danach, sie hätten es sich vielleicht nur eingebildet oder dass es gar nicht so schlimm war. Das betrifft zum Beispiel Kommentare oder Verhaltensweisen anderer Personen, ob aus der Familie, dem Freundeskreis oder auch von Fremden.

In solchen Momenten ist es unglaublich wichtig, auf die Pause-Taste drücken zu können, um sich zu fragen, was genau man gerade fühlt, und diesem Gefühl zu vertrauen. Wenn du in dich hineinhörst, wirst du vielleicht feststellen: **»Was ich gerade erlebt habe, war nicht okay, und es ist verständlich, dass ich jetzt traurig oder wütend bin oder mich schlecht behandelt fühle.«**

Wichtig: Behalte schwierige Gefühle und Erlebnisse nicht für dich, sondern sprich mit jemandem darüber. Erzähl am besten einer erwachsenen Person, der du vertraust, davon.

Dein Körper gehört ganz und gar dir.

Vergiss nicht, dass niemand das Recht hat, dich ohne dein Einverständnis zu berühren: nicht am Kopf, nicht am kleinen Zeh und erst recht nicht an deinen Intimstellen (Vulva, Po, Vagina und Brust).

KAPITEL 5

Wie siehst du dich selbst (und andere)?

Jeder Mensch hat eine **»unsichtbare Brille«** auf der Nase, durch die er sich selbst, die Welt und andere Leute betrachtet. Diese Brille setzt sich aus einer **Mischung vieler verschiedener Elemente** zusammen: daraus, was du um dich herum wahrnimmst, was du bisher erlebt hast, mit welchen Menschen du dich umgibst, wie sie sich dir gegenüber verhalten und noch vielen weiteren Dingen.

Man sollte meinen, dass die Augen für unseren Blick auf uns und die Welt zuständig sind. Doch das ist nur teilweise richtig. Denn was wir wahrnehmen, wird auch von unseren **Gedanken, Gefühlen und Erfahrungen** beeinflusst. Das objektive Bild, das die Augen sehen, wird also mit den Gedanken, Gefühlen und Erfahrungen im **Gehirn** zu unserem endgültigen Blick verarbeitet. Und weil jeder von uns unterschiedliche Gedanken, Gefühle und Erfahrungen hat, sind auch unsere Sichtweisen auf die Welt ganz unterschiedlich und individuell.

Das klingt alles etwas kompliziert, aber mit dem folgenden Beispiel wird es hoffentlich klarer. Stell dir vor, du hast eine Freundin, deren Lieblingstiere Ratten sind. Du selbst kannst Ratten allerdings nicht ausstehen. Zusammen schaut ihr euch ein Bild an, auf dem kleine Ratten zu sehen sind. Deine Freundin findet sie total süß, du aber findest sie eklig und willst das Foto am liebsten gar nicht ansehen.

Obwohl du und deine Freundin euch dasselbe Foto anschaut, *seht* ihr etwas anderes.

Das kommt daher, dass jeder Mensch eine **»unsichtbare Brille«** trägt, durch die er die Welt betrachtet. Diese Brille besteht **aus unterschiedlichen Schichten, wie zum Beispiel Gedanken und Gefühlen, Wissen, Lebenserfahrung und Beobachtungen.** Und weil diese bei allen Menschen unterschiedlich sind, sieht auch jeder Mensch die Welt ein bisschen anders.

Das Bild durch die unsichtbare Brille ist jedoch nicht in Stein gemeißelt. Denn du gewinnst schließlich dein ganzes Leben lang neue Erfahrungen und neues Wissen dazu, wodurch sich auch dein Blick auf gewisse Dinge ändern kann. Stell dir zum Beispiel vor, du schaust dir ein paar Tage später einen Film mit einer süßen Ratte an und findest die Tiere seitdem auch toll. Dann hättest du sofort einen ganz anderen Blick auf das Foto!

Was ist ein Körperbild?

Das sind die Gedanken und Gefühle, die du hast, wenn du dich durch deine unsichtbare Brille ansiehst. Dein Körperbild zeigt also, wie du dich selbst und deinen Körper wahrnimmst. Wenn du Gutes über dich denkst und dich wohl in deiner Haut fühlst, ist dein Körperbild positiv. Wenn dein Kopf aber voller unzufriedener Gedanken über dich selbst ist, hast du ein negatives Körperbild.

Genau wie alle anderen Sichtweisen durch die unsichtbare Brille kann sich unser Körperbild im Verlauf des Lebens ändern, und du selbst hast auch einen Einfluss darauf.

Negative Einflüsse auf das Körperbild

Da Menschen in der Regel keine Einzelgänger sind, wird dein Blick durch die unsichtbare Brille wahrscheinlich auch durch die Menschen in deiner Umgebung oder deine Vorbilder beeinflusst. Beim Erwachsenwerden ist es ganz natürlich, dass man sich an den Menschen, die einen umgeben oder zu denen man aufschaut, orientiert und ihre Sichtweisen auch die eigenen beeinflussen. Bei den Tieren ist das ganz genauso. Kleine Wölfe orientieren sich z. B. auch an ihren Eltern, wenn sie erwachsen werden.

Vorbilder zu haben kann eine gute Sache sein. Trotzdem solltest du deinen eigenen Blick und deine eigene Meinung nicht verlieren, denn wenn man sich zu sehr mit seinen Vorbildern vergleicht, kann sich das negativ auf unser Körperbild auswirken. Vor allem wenn es sich bei diesen Vorbildern um berühmte Leute aus dem Internet oder Fernsehen handelt. Vielleicht denkst du, dass du auch wie sie aussehen oder die gleichen Dinge haben musst – dabei ist jeder Mensch anders!

Lass dir deinen individuellen Blick durch deine Brille also nicht durch Meinungen anderer verschleiern – egal wie toll du sie findest.

Fremde Ansichten können wunderbar und inspirierend sein, aber auch irreführend und sogar verletzend. Bei TikTok könntest du zum Beispiel auf Posts treffen, die dir weismachen

möchten, dass manche Menschen weniger wert sind als andere oder dass Schönheit nur durch bestimmte Körperformen, Schönheitsrituale oder Produkte erreicht werden kann. Das alles ist natürlich großer Unsinn!

Frauen wie aus dem Bilderbuch

Leider begegnen wir in unserem Alltag immer noch häufig Verallgemeinerungen, Vorurteilen und Klischees. Du weißt bereits, dass einige Menschen noch immer eine genaue Vorstellung davon haben, wie Mädchen sich verhalten sollten. Das ist ein gutes Beispiel für eine stereotype Weltansicht. Menschen werden dabei in einzelne Kategorien (also zum Beispiel in »Junge« und »Mädchen«) eingeteilt, und es wird von ihnen erwartet, dass sie sich immer so verhalten, wie es ihrer Kategorie entspricht. Man sagt auch, sie werden dabei in Schubladen gesteckt, wie bei einer Kommode. Diese »Schubladen« nennt man auch Stereotype. Aber natürlich können und müssen nicht alle Mädchen gleich sein.

Ein ähnlich einseitiges Bild wird leider auch häufig über Frauen und ihr Aussehen verbreitet. Ständig begegnen dir in deinem Alltag Frauenfiguren: in Filmen, im Internet, in Serien, in der Werbung. Das Problem ist, dass ein großer Teil dieser Bilder **nur wenig mit der Realität zu tun hat.** Werbespots, Blogs, Serien und Internetvideos zeigen häufig nur sehr wenige unterschiedliche Frauentypen, die meistens schlank und hellhäutig sind, immer lächeln und nicht selten viel Make-up tragen.

Dabei sind Frauen doch so verschieden, und das ist auch gut so. Glücklicherweise wird das inzwischen auch immer mehr Menschen bewusst!

Außerdem solltest du nie vergessen, dass die Aufnahmen von Frauen und Mädchen sehr oft retuschiert sind, also mit speziellen Programmen und Apps korrigiert wurden, um zum Beispiel die Gesichtszüge oder die Körperform zu verändern. Oft genügt es, bei einem Selfie einen bestimmten Filter auszuwählen – und fertig ist das neue Gesicht oder der neue Körper! **Das führt dazu, dass die Frauen auf den Fotos am Ende gar nicht mehr so aussehen wie in echt.**

Diese scheinbar »perfekten« Frauen wirken im ersten Moment vielleicht schön, aber leider können solche unrealistischen Bilder auch dazu führen, dass man sich mit ihnen vergleicht und das eigene Aussehen irgendwann nicht mehr mag. Das kann auf Dauer sehr belastend sein und sich negativ auf das eigene Körperbild auswirken.

Zum Glück kannst du etwas dafür tun, dieser Falle zu entgehen und ein positives Körperbild zu entwickeln.

Wie bekommt man ein positives Körperbild?

♥ Freu dich darüber, was dein Körper kann!

Wenn du mal an ihm zweifelst, sieh dir die Notizen an, die du am Anfang des Buchs gemacht hast, und erweitere die Liste. **Dein Körper ist fantastisch und trägt dich durch dein ganzes Leben.** Versuch, das nicht zu vergessen.

♥ Finde heraus, was dich interessiert, und tu, was du liebst!

Das kann Programmieren sein oder Gedichteschreiben, Handballspielen, Singen usw. Probiere verschiedene Sachen aus und finde heraus, was dir Freude macht. Menschen, die von sich sagen können, in etwas gut zu sein, haben ein höheres Selbstwertgefühl und damit auch ein positiveres Körperbild.

Sei nett zu dir!

Das hört sich vielleicht komisch an, aber mach dir ab und zu ruhig auch mal selbst ein Kompliment: »Das habe ich gut gemacht«, »Wow, bin ich stark!«, »Der Pullover steht mir«. Und wenn dir mal etwas nicht gelingt, versuche, nicht direkt schlecht über dich zu denken, sondern sag zum Beispiel: »Diesmal habe ich es nicht hingekriegt, aber das gehört dazu. Ich probiere es irgendwann einfach noch mal.«

Beweg dich so oft wie möglich!

Sport und Spaß an der Bewegung helfen dir, deinen Körper und seine Möglichkeiten auszuprobieren und wertzuschätzen. Auch das hilft, ein positives Körperbild zu bekommen! Doch keine Angst, niemand erwartet, dass du jeden Tag mehrere Stunden Sport machst, wenn du das nicht möchtest. Einige Tipps für mehr Bewegung findest du in Kapitel 8.

Pflege deine Freundschaften und Beziehungen zu anderen Menschen!

Freundschaften können einem viel Kraft und Selbstbewusstsein geben und wie ein Sicherheitsnetz funktionieren, wenn es dir mal nicht so gut gehen sollte. Du kannst dir deine Freund*innen frei auswählen, also achte darauf, dass du dich mit Menschen umgibst, die dich unterstützen, bei denen du dich wohlfühlst und dich nicht verstellen musst.

Stell dich deinem Schamgefühl!

Wenn du merkst, dass du dich für dein Aussehen oder deinen Körper schämst, oder du unsicher bist, verdränge das Gefühl nicht, sondern erzähle am besten jemandem davon, dem du vertraust. Scham ist grundsätzlich kein schlechtes Gefühl, sondern hat auch eine Schutzfunktion. Trotzdem wird sie tendenziell nur größer, wenn man darüber schweigt. Spricht man über sie, fällt sie in sich zusammen wie ein angepikster Luftballon.

Sei selbst deine beste Freundin!

Oft sind wir mit uns selbst strenger als mit unseren Freund*innen, was eigentlich Quatsch ist. Deshalb sei wie eine gute Freundin zu dir selbst – eine, die dich glücklich sehen will und dich unterstützt, wenn etwas Schwieriges passiert.

Versuch, dich nicht mit anderen zu vergleichen.

Das ist manchmal gar nicht so einfach! Wenn du merkst, dass du es dennoch tust, überlege, was du tun kannst, um die negativen Gedanken zu vertreiben. Mach dein Smartphone aus und fang z. B. an zu zeichnen, unterhalte dich mit deiner Familie oder Freund*innen, lies ein Buch oder hör dir deinen Lieblingssong an. Denk daran, dass jeder Mensch seine eigenen Unsicherheiten hat und niemand gut in allen Dingen ist. Generell sollte es nicht um gut oder schlecht gehen, sondern darum, dass es dir gut geht und dass du dich wohlfühlst.

Bleib nicht allein mit deinen Gedanken.

Wenn dich etwas beunruhigt, wenn du Angst hast oder traurig bist, behalte diese Gefühle nicht für dich. Teile sie mit einer vertrauten Person, schreib darüber in ein Tagebuch oder suche dir Hilfe in der Schule.

Wenn du gerade niemanden hast, mit dem du über deine Sorgen sprechen oder den du um Hilfe bitten kannst, kannst du auch die kostenlose Nummer gegen Kummer für Kinder und Jugendliche anrufen: 116 111.

Pass auf, wem du folgst!

Wenn du z. B. auf Instagram oder TikTok unterwegs bist, achte darauf, was du dir ansiehst. Wenn du merkst, dass dir Beiträge oder Videos ein schlechtes Gefühl geben, hör auf, sie dir anzusehen, und folge diesen Accounts nicht mehr. Das kann für Accounts mit negativen Inhalten gelten, kann aber auch beim Gegenteil der Fall sein. Die meisten posten nämlich nur die schönen Dinge ihres Lebens, was schnell den Eindruck vermittelt, allen anderen ginge es besser als dir. Auch hier ist es wichtig, auf dein Bauchgefühl zu hören und hin und wieder eine Pause von Social Media einzulegen.

♥ Behandle deine Mitmenschen genauso, wie du selbst behandelt werden möchtest.

Sag deinen Freund*innen nette Sachen wie: »Du bist echt schlau« oder »Der Pulli steht dir total gut«. Manchmal reicht schon ein: »Ich freue mich, dich zu sehen.« Wenn man jemandem, den man mag, etwas Gutes tut, gibt das einem selbst auch ein gutes Gefühl. Und vielleicht bekommst du ja auch mal ein Kompliment zurück.

♥ Es ist in Ordnung, mit deinem Körper und deinem Aussehen zufrieden zu sein!

Sich selbst zu gefallen und mit sich zufrieden zu sein gibt einem ein gutes Gefühl. Dass das nicht immer einfach ist und auch nicht immer der Fall sein wird, ist ganz klar. Mit kleinen Tipps wie diesen hier, kennst du jetzt aber einige Methoden, die dir dabei helfen können, ein positives Körperbild zu entwickeln.

KAPITEL 6

Dein Körper unterhalb des Bauchnabels

Bist du bereit?

Dann geht es jetzt los mit der Forschungsreise durch deinen Körper!

Dabei werden wir uns vor allem deine Geschlechtsorgane näher ansehen.

Es könnte sein, dass viele der Informationen und Begriffe auf den folgenden Seiten neu für dich sind. **Du musst aber nicht alles auf einmal lesen!** Schau dir vielleicht erst mal die Zeichnungen an und lies die Abschnitte, die dich besonders interessieren. Mehr über den eigenen Körper zu erfahren ist toll, kann aber am Anfang erst mal ein bisschen merkwürdig oder kompliziert sein. Also lass dir Zeit.

Wir fangen mit der Königsdisziplin aller Körperwissenschaften an: der Anatomie. Das ist die Lehre vom Aufbau des menschlichen Körpers. Natürlich werden wir uns nicht deinen ganzen Körper anschauen, sondern erst mal nur deine Geschlechtsorgane.

In diesem Buch werden die medizinischen Begriffe für die einzelnen Körperteile genannt. Es gibt aber auch viele andere Begriffe dafür. Verwende einfach die, die dir am besten gefallen.

Äußere Geschlechtsorgane

Die Gesamtheit deiner äußeren Geschlechtsorgane (oder auch Genitalien) heißt **Vulva.** Wahrscheinlich wirst du für diesen Teil deines Körpers auch die Begriffe Scheide oder Vagina hören. Diese Bezeichnungen sind anatomisch nicht korrekt, denn hierbei handelt es sich um ein inneres Geschlechtsorgan. Der Begriff Scheide wird außerdem heute von vielen abgelehnt, weil hier das Prinzip der Schwertscheide auf das weibliche Geschlechtsorgan übertragen wurde. Der Vagina wird dadurch eine passive Rolle zugeschrieben wird, was z. B. in sexueller Hinsicht heute sehr kritisch gesehen wird.

- **Venushügel** – der Bereich, der den vorderen Teil des Beckenknochens schützt. Er besteht aus Fettgewebe.
- **Äußere Vulvalippen** – Hautfalten, die um die inneren Vulvalippen und den Vulvaeingang liegen. Vielleicht hast du dafür auch schon mal den Begriff Schamlippen gehört, doch da man sich für seine Genitalien ganz und gar nicht zu schämen braucht, lehnen viele diesen Begriff heute ab. Früher wurde auch oft große und kleine Vulvalippen gesagt, was allerdings irreführend ist, da die inneren Vulvalippen auch größer als die äußeren sein können. Die Vulvalippen sehen bei jeder Frau anders aus, und das ist total normal.
- **Vulvaeingang** – hier fließt die Periodenblutung raus.
- **Damm** – der Bereich zwischen dem Vulvaeingang und dem After.
- **Harnröhre** – der Kanal, aus dem der Urin fließt.
- Die **Klitoris-Eichel** ist ein Teil der Klitoris. Hierzu erfährst du mehr im Abschnitt zu den inneren Geschlechtsorganen.
- **After** – die Öffnung, aus der der Kot austritt.

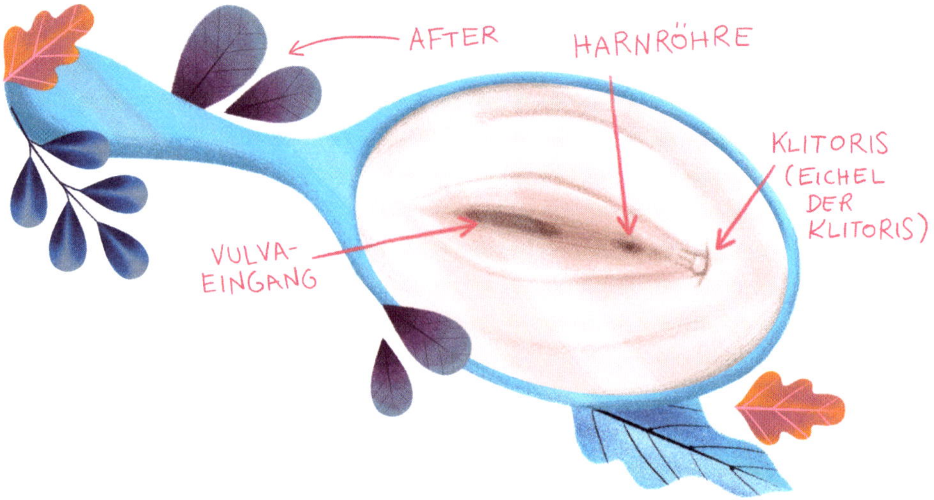
AFTER
HARNRÖHRE
KLITORIS
(EICHEL
DER
KLITORIS)
VULVA-
EINGANG

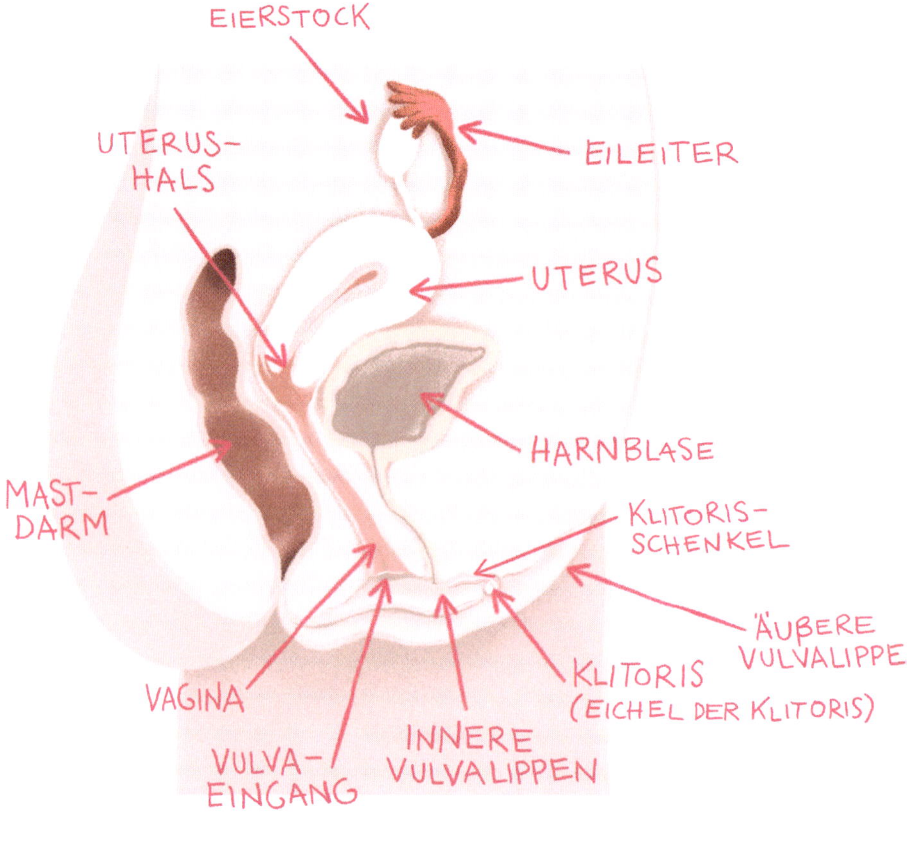
EIERSTOCK
UTERUS-
HALS
EILEITER
UTERUS
HARNBLASE
MAST-
DARM
KLITORIS-
SCHENKEL
ÄUßERE
VULVALIPPE
KLITORIS
(EICHEL DER KLITORIS)
VAGINA
INNERE
VULVALIPPEN
VULVA-
EINGANG

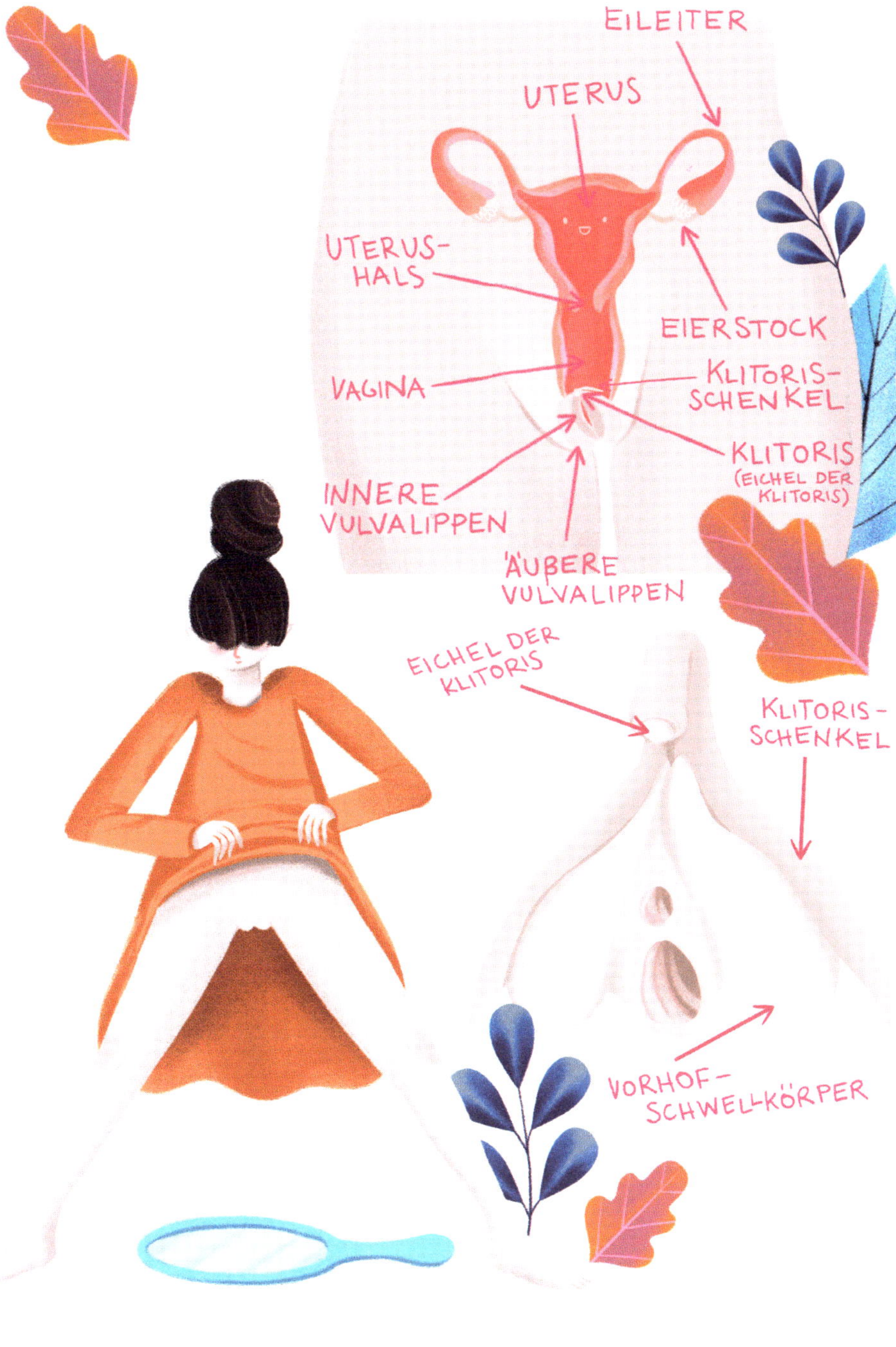
EILEITER
UTERUS
UTERUS-
HALS
EIERSTOCK
VAGINA
KLITORIS-
SCHENKEL
KLITORIS
(EICHEL DER
KLITORIS)
INNERE
VULVALIPPEN
ÄUßERE
VULVALIPPEN
EICHEL DER
KLITORIS
KLITORIS-
SCHENKEL
VORHOF-
SCHWELLKÖRPER

Innere Geschlechtsorgane – Ansicht von der Seite und von vorne

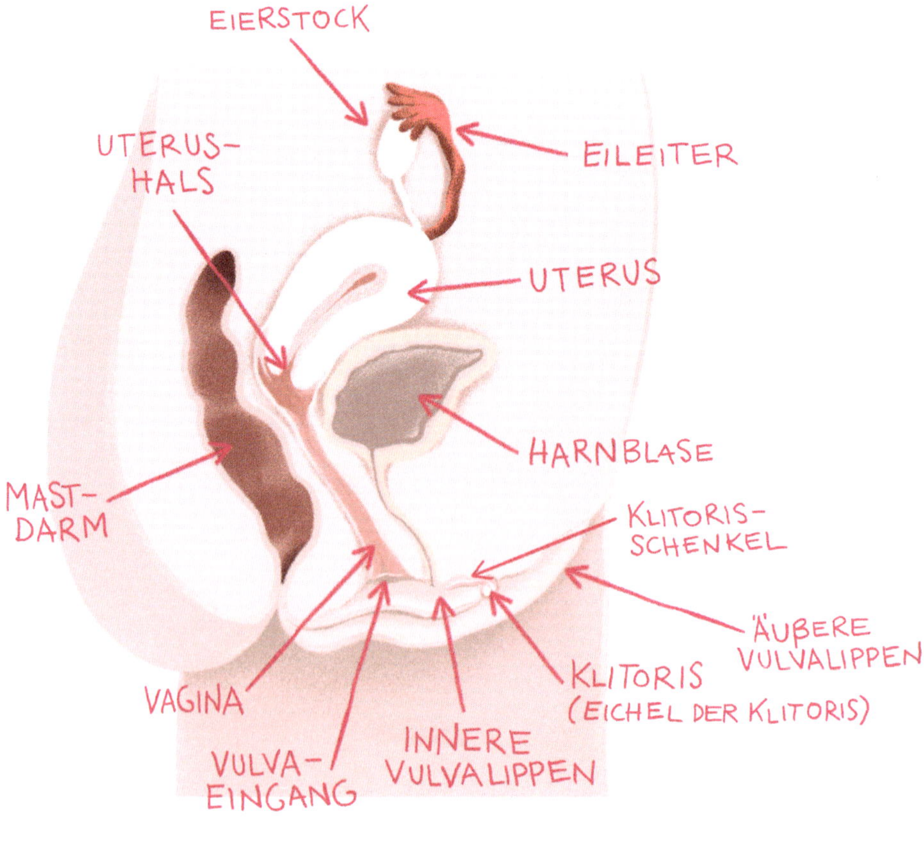

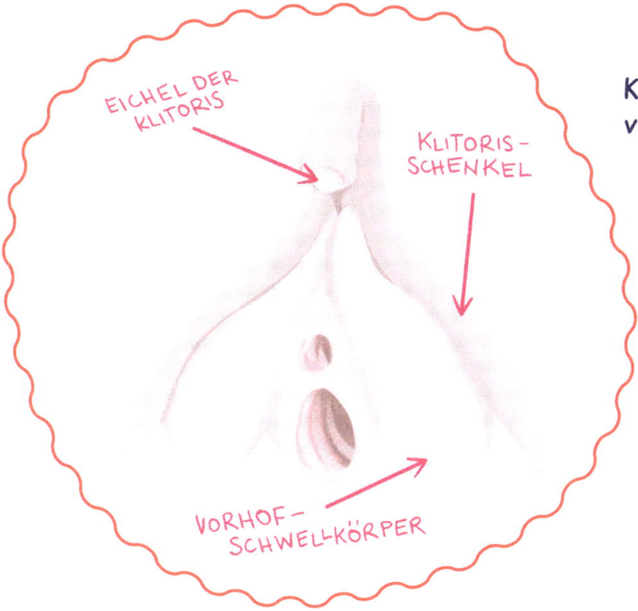

Klitoris, stark vergrößert

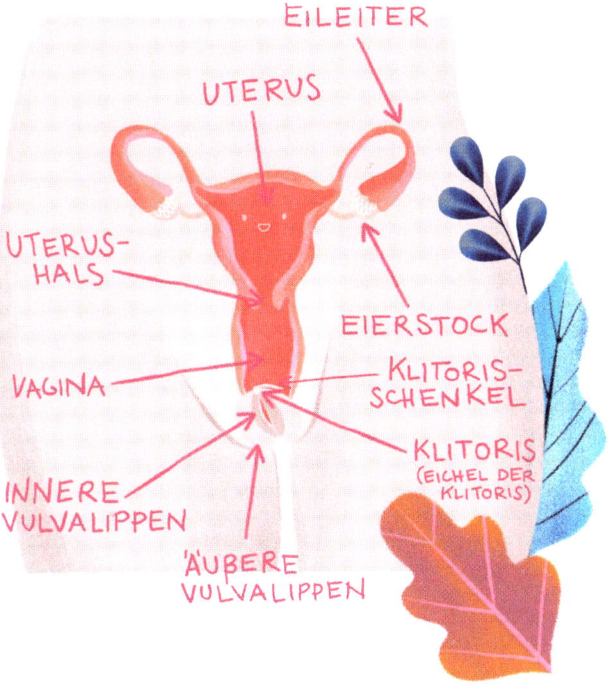

- **Eierstöcke** – zwei identische Organe, die sich auf beiden Seiten des Uterus befinden. Am Anfang deiner Pubertät sind sie in etwa so groß wie zwei Bohnen. Am Ende der Pubertät haben sie ungefähr die Größe von zwei Walnüssen. In den Eierstöcken werden deine Eizellen aufbewahrt. Aus einer reifen Eizelle, auf die eine Samenzelle trifft, kann ein Embryo werden, aus dem ein Fötus und schließlich ein Kind wird.
- **Eileiter** – zwei dünne Schläuche, die die Eierstöcke mit dem Uterus verbinden und durch die die reifen Eizellen transportiert werden. Im Eileiter findet auch die Befruchtung der reifen Eizelle statt. Dann wird die befruchtete Eizelle durch den Eileiter zum Uterus gebracht.
- Der **Uterus** ist ein Organ in deinem Unterbauch. Vielleicht hast du hierfür auch schon das Wort Gebärmutter gehört. Da allerdings nicht alle Frauen Mütter sind oder sein wollen und auch Transmänner zum Teil noch einen Uterus haben, wird inzwischen der Begriff Uterus bevorzugt verwendet.

  Bei einer erwachsenen Person hat der Uterus ungefähr die Größe und Form einer Avocado oder Birne, mit der dicken Seite oben. Der Uterus hat die faszinierende Eigenschaft, sich wie ein Ballon ausdehnen zu können. Seine Wände sind sehr elastisch, dick und fleischig. Im Uterus nistet sich die befruchtete Eizelle ein und entwickelt sich nach und nach zu einem Kind, wenn eine Frau schwanger wird.

ICH BIN EIN UTERUS
UTERUS
EIERSTÖCKE

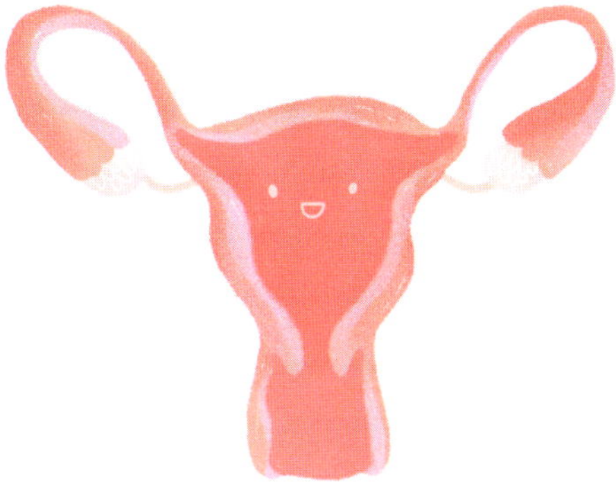

- Der **Uterushals** ist das untere Drittel des Uterus, welches mit dem oberen Teil der Vagina verbunden ist. Diese Verbindungsstelle erinnert an einen kleinen pinken Donut und heißt Uterusmund. Durch ihn fließt die Monatsblutung aus dem Uterus.

  Der Uterushals bildet einen klebrigen Schleim, der den Uterus vor Keimen schützt und an den unfruchtbaren Tagen einer Frau die Spermien aufhält.

- Die **Vagina** ist der Kanal, der den Uterushals mit dem Körperäußeren verbindet. Sie hat viele Aufgaben: Über diesen Weg verlässt die Menstruationsblutung oder im Falle einer Geburt das Baby den Körper. Die Vagina ist auch der Ort, an dem der penetrative Sex stattfindet, wenn also zum Beispiel ein Penis oder Finger in die Vagina eingeführt wird.

- Die **Klitoris** wurde lange Zeit und wird teilweise auch heute noch nur als kleiner Knubbel zwischen den Vulvalippen dargestellt. Das ist allerdings falsch, denn zu sehen ist nur die Klitoris-Eichel und damit nur ein kleiner Teil der Klitoris. Der größte Teil der Klitoris liegt im Körperinneren. Die Klitoris besteht aus zwei **Klitorisschenkeln**, die auf beiden Seiten der Vagina liegen und jeweils einen Schwellkörper enthalten. Diese füllen sich bei Erregung mit Blut – ähnlich wie der Penis bei Männern. Die Klitoris gilt als Lustorgan der Frau und reagiert sehr empfindlich auf Berührung.

Sich selbst entdecken

Es ist wichtig, über den eigenen Körper Bescheid zu wissen und ihn kennenzulernen. Außerdem kann es sich schön anfühlen, den eigenen Körper und vor allem die eigenen Genitalien zu berühren. Das nennt man Masturbation. Man kann aber auch Onanieren, Selbstbefriedigung, Solosex oder es sich selbst machen sagen. Masturbieren zu wollen ist ein ganz natürliches Gefühl, denn du erforschst dabei deinen Körper und seine Funktionen!

Wenn die Erregung beim Masturbieren bis zum Höhepunkt gesteigert wird, führt das zu einem Orgasmus. Vielleicht hast du mal gehört, dass zu viel Solosex oder zu viele Orgasmen schädlich sind. Das ist völliger Quatsch! Im Gegenteil: Beim Masturbieren und vor allem beim Orgasmus werden Stresshormone abgebaut und Glückshormone ausgeschüttet.

Das Berühren der eigenen Genitalien ist eine intime Sache und sollte nicht in der Öffentlichkeit geschehen. Deshalb sorge dafür, dass du alleine bist (z. B. in deinem Zimmer) und dich niemand stören kann. **Wichtig ist, dass du dich wohl und sicher fühlst.**

So entsteht Leben!

Fruchtbarkeit ist die Fähigkeit, neues Leben zu erschaffen. Sie ist ein bisschen wie eine Superkraft, die man erst während der Pubertät bekommt.

Das Leben eines jeden Menschen beginnt damit, dass sich eine Eizelle mit einer Samenzelle (also einem Spermium) verbindet. Das ist ein bisschen so, also würden zwei passende Puzzleteile zusammenkommen. **Auch du bist auf diese Weise entstanden!**

Die Eizellen befinden sich in den Eierstöcken der Frau und die Spermien in den Hoden des Mannes. Wenn beide miteinander verschmelzen, kann neues Leben entstehen. Das passiert unter bestimmten Voraussetzungen, zum Beispiel wenn eine Frau und ein Mann Sex haben und dabei der Penis des Mannes in die Vagina der Frau eingeführt wird.

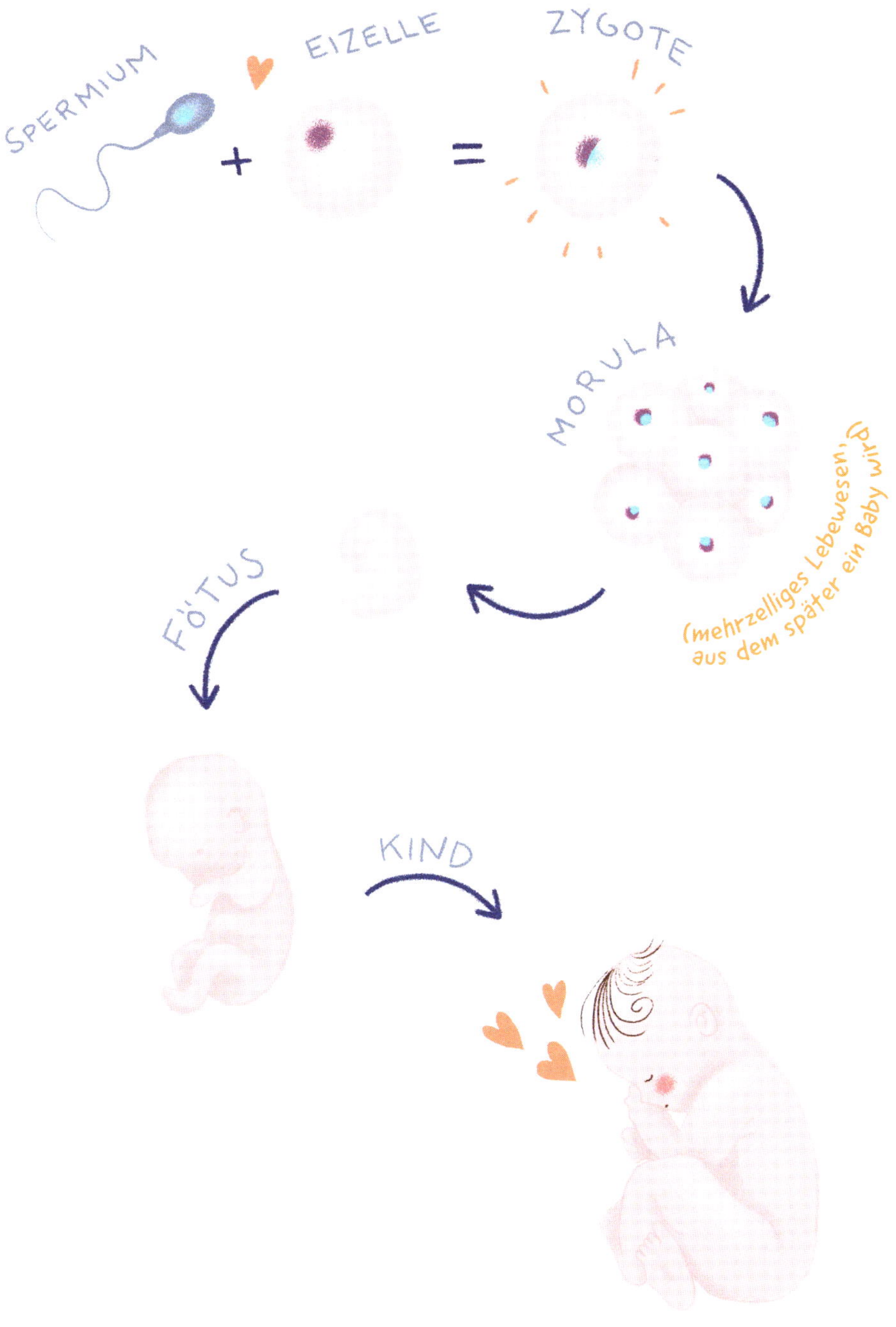
SPERMIUM
EIZELLE
ZYGOTE
MORULA
(mehrzelliges Lebewesen, aus dem später ein Baby wird)
FÖTUS
KIND

Wenn der Mann beim Sex zum Orgasmus kommt, schießen aus seinem Penis Millionen von Spermien (das nennt man Ejakulation) und bewegen sich in Richtung der Eileiter.

Wenn beim Sex keine Verhütungsmittel benutzt werden (also eine Methode, mit der man Sex haben kann, ohne schwanger zu werden) und die Frau gerade in der fruchtbaren Phase ihres Menstruationszyklus ist, kann sich eins der Spermien mit einer reifen Eizelle verbinden, die dadurch befruchtet wird und sich im Uterus im Bauch der Frau einnistet.

Aus dieser befruchteten Zelle entwickelt sich im Verlauf der folgenden Monate ein Embryo, dann ein Fötus und dann ein Kind. Nach ungefähr neun Monaten endet die Schwangerschaft mit der Geburt des Kindes.

Neues Leben kann auch auf andere Weise entstehen. Zum Beispiel gibt es die Möglichkeit der künstlichen Befruchtung. Auch hier werden jedoch eine reife Eizelle und eine Samenzelle benötigt, die miteinander verschmelzen.

Durch diese Möglichkeit können beispielsweise auch gleichgeschlechtliche Paare oder Paare, bei denen die Befruchtung auf natürlichem Wege nicht funktioniert, Kinder bekommen.

Sex ist also nicht die einzige Möglichkeit, um neues Leben zu erschaffen. Und umgekehrt ist auch nicht der einzige Zweck von Sex, neues Leben zu erschaffen. Menschen, die so nahe zusammen sein wollen, fühlen sich zueinander hingezogen, und zwar so stark, dass sie Lust haben, die andere Person zu küssen und anzufassen. Auf diese Weise zusammen zu sein, kann sehr schön und aufregend sein.

Zu wem man sich hingezogen fühlt, kann ganz unterschiedlich sein. Natürlich kommt es auf die spezielle Person an, aber die sexuelle Orientierung spielt auch eine Rolle. Z. B. heterosexuelle Menschen stehen auf Personen des anderen Geschlechts, homosexuelle Menschen auf Personen des eigenen Geschlechts. Bisexuelle Menschen fühlen sich zu Menschen beider Geschlechter hingezogen, bei pansexuellen Menschen spielt das Geschlecht keine Rolle, sondern nur die Person an sich. Und asexuelle Menschen empfinden keine sexuelle Anziehung.

Während der Pubertät wirst du vielleicht noch nicht wissen, von wem du dich angezogen fühlst. Das ist in Ordnung. Du wirst es herausfinden, und natürlich kann sich deine sexuelle Orientierung auch jederzeit im Leben noch ändern.

KAPITEL 7

Die erste Periode

Die Menstruation (auch Monatsblutung, Tage, Regel oder Periode genannt) ist eine Blutung, die ab der Pubertät aus der Vagina austritt. Sobald sich dein Körper eingependelt hat, passiert das etwa einmal im Monat.

Warum gibt es die Periode?

Mithilfe der Periode zeigt dein Körper dir, dass du – wenn du willst – schwanger werden und Kinder bekommen kannst.

Wie genau die Periode abläuft und was dabei passiert, erfährst du weiter hinten in diesem Kapitel im Abschnitt zum Menstruationszyklus.

Wann kommt die erste Periode?

Die meisten Mädchen bekommen ihre erste Periode zwischen dem **9. und 16. Lebensjahr.** Das ist eine relativ lange Zeitspanne, denn jedes Mädchen entwickelt sich unterschiedlich, und wie du schon weißt, ist das auch völlig in Ordnung. Die Pubertät ist schließlich kein Wettrennen!

Wie lange dauert eine Periode und wie oft hat man sie?

Die Menstruation setzt mit der Pubertät ein und tritt ungefähr alle vier Wochen auf, bis etwa zum 50. Lebensjahr einer Frau.

Eine Monatsblutung dauert dabei etwa drei bis sieben Tage, wobei das bei jeder Frau unterschiedlich ist und sich auch von Monat zu Monat unterscheiden kann.

Wann bleibt die Periode aus?

Dafür kann es ganz unterschiedliche Gründe geben. Manchmal führen Dinge wie Zeitumstellung, Klimawechsel, Stress oder eine Ernährungsumstellung dazu, dass die Periode ausbleibt.

Sobald eine Frau schwanger wird, menstruiert sie in der Regel nicht mehr. Erst nach der Geburt kommt die Periode wieder. Wann das passiert, ist von Frau zu Frau unterschiedlich.

Keine Monatsblutungen haben auch Frauen, denen zum Beispiel aufgrund einer Krankheit der Uterus entfernt werden musste.

Ein Ausbleiben der Periode kann unter Umständen aber auch heißen, dass etwas nicht in Ordnung ist. Dann sollte man sich von einer Gynäkologin oder einem Gynäkologen untersuchen lassen.

Menopause

Die Menstruation hört außerdem bei Frauen irgendwann auf. Man sagt, dass das ungefähr um den 50. Geburtstag passiert, bei einigen ist es jedoch früher, bei anderen später. Die Menopause ist ein bisschen wie eine zweite Pubertät, in der wieder einige bedeutende Veränderungen im Körper einer Frau stattfinden. Vielleicht hast du auch schon mal den Begriff **Wechseljahre** gehört. Das ist jedoch nicht dasselbe. Die Wechseljahre setzen ein, wenn die Anzahl der in den Eierstöcken vorhandenen Eizellen aufgebraucht ist (diese Zahl ist übrigens von Geburt an festgelegt). Die allerletzte Monatsblutung einer Frau wird **Menopause** genannt, was ein bisschen verwirrend ist, da es sich nicht um eine Pause, sondern um einen Schluss handelt.

Nach der Menopause bleibt die Periode aus, und die Frau kann keine Kinder mehr bekommen.

Periode und Frausein

Man kann auf unterschiedliche Weise eine Frau sein. Viele Kinder, die mit weiblichen Geschlechtsorganen geboren werden, identifizieren sich später als Mädchen bzw. Frau. In diesem Fall stimmt das **biologische Geschlecht** (also die äußeren und inneren Geschlechtsmerkmale) mit dem **sozialen Geschlecht** überein. Das ist aber nicht immer so.

Man kann auch ein Mädchen bzw. eine Frau sein, wenn man mit einem Penis und Hoden geboren wurde, sich aber als Mädchen oder Frau identifiziert. Diese Mädchen sind trans. Ebenso kann man auch mit einem Uterus und einer Vagina geboren worden sein und sich als Junge bzw. Mann identifizieren.

Es gibt außerdem Kinder, die mit Geschlechtsorganen zur Welt kommen, die man nicht als typisch männlich oder typisch weiblich beschreiben kann. Diese Personen sind intergeschlechtlich. Natürlich gilt jedoch: Wenn sie sich als Mädchen definieren, dann sind sie Mädchen.

Ganz unabhängig davon, wie ihre Genitalien aussehen, identifizieren sich manche Menschen nicht ausschließlich als Männer oder als Frauen. Sie sind nichtbinär. Auf einige von ihnen treffen die in diesem Buch beschriebenen biologischen Veränderungen zu.

Haben alle Frauen die Periode?

Nein. Wie du eben erfahren hast, gibt es bestimmte Gründe, warum die Periode aussetzen oder aufhören kann. Darüber hinaus gibt es außerdem Frauen, die generell keine Periode bekommen.

Frauen, die trans sind, und manche intergeschlechtlichen Personen, wie zum Beispiel Mädchen, die ohne Uterus geboren wurden, haben keine Periode.

Menstruieren nur Frauen?

Nein. Transjungs bzw. Transmänner bekommen auch die Periode, solange sie keine geschlechtsverändernden Maßnahmen (Einnahme von Hormonen, operative Entfernung des Uterus und der Vagina) vornehmen.

Generell kann man sagen, dass alle Personen mit einem Uterus, einer Vagina und einer Vulva menstruieren können.

Die Periode wird auch **Monatsblutung** genannt, weil sie **ungefähr einmal im Monat** auftritt.

Wusstest du, dass das Wort »Monat« vom Wort »Mond« abstammt? Interessanterweise dauern der Mondzyklus und der Menstruationszyklus etwa gleich lang, **nämlich ungefähr 28 Tage!** War der Himmel vielleicht der erste Periodenkalender?

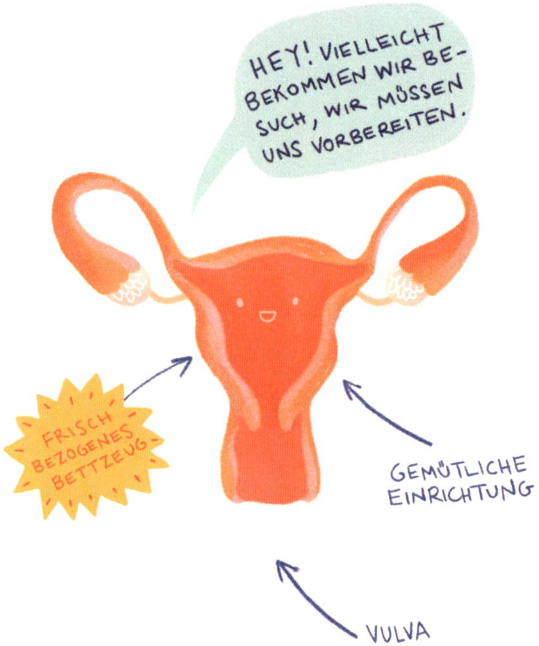

Was passiert während der Periode?

Bei jedem Zyklus (also ungefähr einmal pro Monat) bereitet sich der Uterus auf den Fall vor, eine befruchtete Eizelle aufzunehmen. Zu diesem Zweck produzieren die Wände des Uterus **die Uterusschleimhaut** (in der Fachsprache: Endometrium). Die Uterusschleimhaut hat im Fall einer Schwangerschaft die Aufgabe, die befruchtete Eizelle zu ernähren und ihr bei der Entwicklung und beim Wachstum zu helfen. Du kannst sie dir wie ein **frisch bezogenes Bettzeug** vorstellen, das vom Uterus jeden Monat vorbereitet wird, um die befruchtete Eizelle darin einzuhüllen.

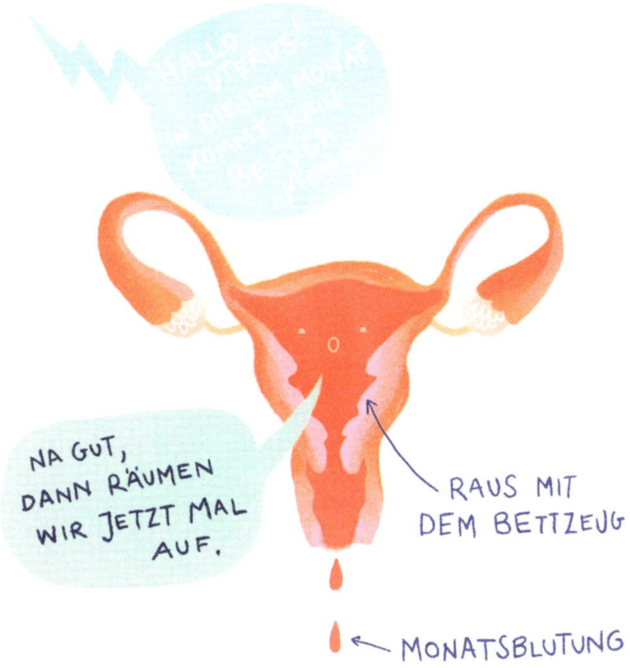

Wenn die Eizelle im Verlauf eines Zyklus nicht befruchtet wird (das Bett also nicht gebraucht wird), hört der Uterus auf zu arbeiten. **Die Schleimhaut löst sich ab und wird mit der Regelblutung rausgespült.** Dabei fließt die Regelblutung durch den Uterushals und die Vagina aus dem Körper. **Genau das ist die Menstruation.** Noch bevor sie zu Ende ist, fängt der Uterus an, ein neues »Bett« vorzubereiten, und alles geht von vorne los.

Mehr zum Menstruationszyklus

Das Wort »Zyklus« stammt ursprünglich aus dem Griechischen und bedeutet »Kreislauf«. Die Periode ist also Teil eines Kreislaufs. In der Natur gibt es noch viele andere Kreisläufe, zum Beispiel den Mondzyklus oder die Jahreszeiten. Auch sie lassen sich in unterschiedliche Phasen einteilen, genau wie der Menstruationszyklus.

Wie funktioniert der Menstruationszyklus?

Die hier aufgeführten Phasenlängen des Menstruationszyklus gelten für einen 28 Tage langen Zyklus. Das ist jedoch nur ein Durchschnittswert. Deine Zyklusdauer kann davon abweichen. Sie ist vielleicht auch nicht immer gleich lang. Das ist alles ganz natürlich.

♡ Tage 1–4 – Menstruation

Wenn keine Befruchtung der reifen Eizelle stattgefunden hat, löst sich die Schleimhaut, die den Uterus auspolstert, und wird zusammen mit der Regelblutung abgestoßen. Die Schleimhautteile verlassen zusammen mit dem Blut den Körper durch den Uterushals und die Vagina.

Während der Menstruation leistet dein Körper ganz Erstaunliches. Leider ist es aber auch für viele Mädchen und Frauen keine angenehme Zeit, wobei das sehr unterschiedlich sein kann. Es können Unterleibs-, Rücken- oder Kopfschmerzen auftreten. Manche Mädchen und Frauen haben auch besonders Lust auf bestimmte Lebensmittel. Vielleicht fühlst du dich auch etwas schlapp und hast weniger Energie. Wenn du auch diese Dinge erlebst, versuche besonders achtsam mit dir und deinem Körper zu sein.

Mondphasen und Jahreszeiten

Menstruationszyklus

Ein Tipp für dich:

Notiere dir z. B. in einem Heft oder auf deinem Smartphone jeden Tag, wie du dich fühlst. Nach einer Weile wirst du vielleicht eine gewisse Regelmäßigkeit bei deinen Stimmungen feststellen und »vorhersagen« können, was dich in der jeweiligen Zyklusphase erwartet. Auf diese Weise lernst du dich und deinen Körper besser kennen!

♡ Tage 4–14

Noch während der Menstruation wandern die Hormone aus der Hirnanhangsdrüse zu den Eierstöcken und signalisieren: »Zurück an die Arbeit! Es wird Zeit, dass die nächste Eizelle heranwächst.« Die Eierstöcke setzen daraufhin den Prozess für die Reifung der neuen Eizelle in Bewegung. Der Uterus bereitet sich erneut auf eine mögliche Schwangerschaft vor, und seine Wände werden allmählich wieder dicker. Schließlich wird die neue Eizelle bald fertig sein!

In den Tagen nach der Menstruation fühlst du vielleicht einen gewaltigen Schwung frischer Energie, bist motiviert und hast neue Ideen!

♡ Tag 14 – Eisprung

Die Reifung der Eizelle war ein voller Erfolg! Jetzt wird es Zeit für den Eisprung, also für die Beförderung der Eizelle aus dem Eierstock in den Eileiter. In dieser Zeit findest du in deinem Slip ein Sekret, das an Hühnereiweiß erinnert.

Manche Frauen spüren während des Eisprungs einen leichten Schmerz und finden ein paar Tropfen Blut in ihrer Unterwäsche. Darüber muss man sich aber keine Sorgen machen.

♡ Tage 14–28

Wenn die Eizelle unbefruchtet bleibt (sich also nicht mit einem Spermium verbindet), ist das das Signal an den Uterus: »In diesem Zyklus gibt es keine Schwangerschaft mehr! Alles muss raus!« Der Menstruationszyklus geht zu Ende, und bald kommt die nächste Monatsblutung.

Wenn es zu einer Befruchtung kommt, überspringt der Körper diese Phase und schaltet auf das Programm »Schwangerschaft«. Während der Schwangerschaft leistet der Körper der Frau unglaubliche Dinge, mit denen man ein weiteres komplettes Buch füllen könnte – schließlich entsteht am Ende ein neuer Mensch!

Kurz vor der Menstruation merkst du vielleicht, dass dein Energielevel wieder sinkt. Du bist vielleicht auch lustlos, niedergeschlagen oder schneller genervt als sonst. Für manche Mädchen und Frauen ist diese Zeit eine wahre emotionale Achterbahnfahrt. Deshalb ist es wichtig zu wissen, wann sie kommt, damit man seine Gefühle besser verstehen kann. Manche Frauen haben auch Kopfschmerzen oder spüren ein leichtes Ziehen in den Brüsten und im Unterleib. In der Wissenschaft werden diese Symptome als **Prämenstruelles Syndrom (oder auch PMS)** bezeichnet. Mehr dazu erfährst du auf S. 143.

Wenn bei dir vor der Periode ebenfalls diese Dinge auftreten, versuche, geduldig mit dir zu sein und auf deinen Körper und seine Grenzen zu achten.

Gäbe es die Menstruation und den Zyklus nicht, wären wir nicht auf der Welt. Die Menstruation ist eine unglaubliche Fähigkeit deines Körpers, aber das heißt nicht, dass sie immer angenehm ist, und es ist okay, auch darüber zu sprechen!

Die erste Menstruation

Die erste Periode ist etwas sehr Besonderes – schließlich gibt es sie nur ein Mal! Es kann sein, dass du dich genauso fühlst wie sonst, aber vielleicht empfindest du auch Ärger, Traurigkeit oder Verwirrung. Lass alle Gefühle zu, schließlich bedeutet die erste Menstruation eine große Veränderung in deinem Leben, an die du dich erst noch gewöhnen musst. Gespräche mit anderen Mädchen und Frauen können dir dabei helfen, diese Veränderung und deine Gefühle zu verstehen. **Du kannst sie ja mal fragen, wie bei ihnen die erste Periode war.**

Woran erkennst du, dass die erste Monatsblutung kurz bevorsteht?

Ungefähr zwei oder drei Jahre nachdem deine Brüste zu wachsen anfangen, bemerkst du in deinem Slip einen **weißen Ausfluss (Weißfluss), der leicht säuerlich riecht.** Das ist eine völlig natürliche Flüssigkeit, die von der Vagina abgesondert wird, und ein Zeichen dafür, dass die Entwicklung deines Körpers ganz nach Plan verläuft. Ab diesem Zeitpunkt bereitet sich dein Uterus auf die erste Menstruation vor. Diese wird ungefähr sechs bis zwölf Monate nach dem ersten Auftreten des weißen Ausflusses kommen.

Die Wahrscheinlichkeit ist groß, dass du deine erste Periode in einem ähnlichen Alter bekommst wie deine Mutter. Frag sie doch mal, wie alt sie damals war – auch das kann eine gute Orientierung für dich sein.

Wie sieht die erste Menstruation aus?

Die Menstruation ist in der Regel etwas dickflüssiger als Wasser und besteht zum größten Teil aus Blut. Außer Blut wirst du geleeartige Gewebestücke bemerken – das sind Teile der Uterusschleimhaut.

Die erste Monatsblutung kann noch etwas bräunlich sein. Erst nach einiger Zeit **(manchmal nach einigen Stunden, manchmal auch erst bei der nächsten Regel)** wird sie richtig rot. Ihre Farbe kann von hellrot bis dunkelrot gehen. Sie wird sich auch im Verlauf der Jahre und der weiteren Zyklen noch hin und wieder verändern.

Vielleicht erscheint es dir am Anfang so, als würdest du sehr viel Blut während der Menstruation verlieren. In Wirklichkeit ist es jeden Monat ungefähr so viel, wie auf **drei Esslöffel** passt. Personen, die sehr starke oder sehr schwache Monatsblutungen haben, sind eher eine Ausnahme. Wenn du allerdings feststellst, dass du sehr saugfähige Menstruationsprodukte sehr oft wechseln musst, solltest du mit einer Ärztin oder einem Arzt sprechen, um sicherzugehen, dass alles in Ordnung ist.

Regelmäßig oder unregelmäßig?

Mit dem Wort »Periode« fallen oft die Begriffe »regelmäßig« und »unregelmäßig«. Eine regelmäßige Periode bedeutet, dass dein Zyklus ungefähr immer gleich lang dauert und du deine Periode immer ungefähr im selben Abstand bekommst. Bei einem unregelmäßigen Zyklus hingegen unterscheidet sich die Anzahl der Tage zwischen den Perioden erheblich (wenn deine Periode z. B. mal alle vier Wochen und mal alle sechs Wochen kommt).

Manchmal setzt die Monatsblutung in einem Zyklus auch mal komplett aus. Ein unregelmäßiges Auftreten und Aussetzen für einige Monate kommt gerade am Anfang bei heranwachsenden Mädchen häufiger vor. **Bevor die Periode regelmäßig wird, können sechs bis 18 Monate vergehen.** Wenn dich etwas beunruhigt, wende dich an eine Person, der du vertraust, oder lass dir einen Termin für eine ärztliche Untersuchung geben.

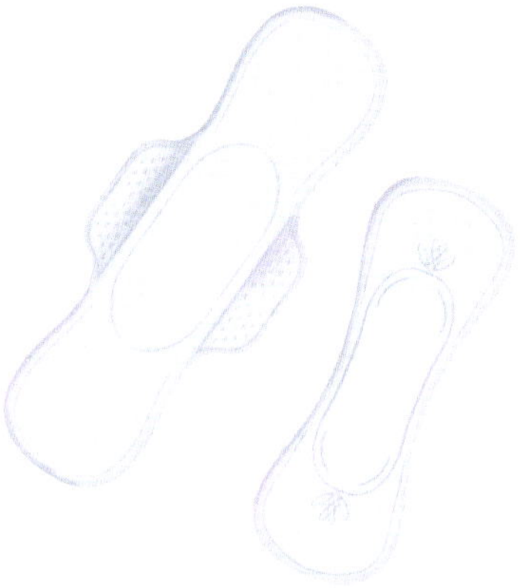

Die Periode in Zahlen

Eine Frau menstruiert in ihrem gesamten Leben durchschnittlich zehn Jahre lang, also etwa 3.500 Tage.

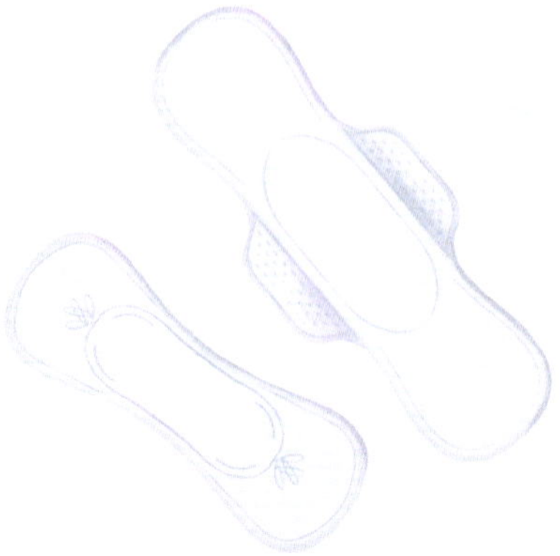

Wenn es wehtut

Während deiner Periode wirst du vielleicht **Unwohlsein und Schmerzen im Unterbauch** spüren, manchmal auch am unteren Rücken oder in den Beinen. Das ist leider ein unschöner Nebeneffekt der Periode, den viele Mädchen und Frauen erleben. Die Schmerzen werden **durch Muskelkontraktionen des Uterus** ausgelöst, die dafür sorgen, dass sich die Uterusschleimhaut ablöst. So kann die Menstruationsblutung abfließen.

Oft hilft es, wenn du die schmerzenden Stellen wärmst (z. B. mit einer Wärmflasche) und versuchst, dich zu entspannen. Wenn das allerdings nicht ausreicht, gibt es Tabletten, die gegen die Schmerzen helfen. Du solltest allerdings unbedingt mit einer erwachsenen Person sprechen, bevor du eine Tablette einnimmst. Als längerfristige Lösung kann auch eine Umstellung der Ernährung bei Periodenschmerzen helfen. **Wenn die Schmerzen zu stark werden und ein normaler Tagesablauf nicht mehr möglich ist, solltest du mit deiner Frauenärztin oder deinem Frauenarzt darüber sprechen.** Generell kann ein Gespräch über eventuelle Schmerzen aufschlussreich sein. Denn unter Umständen kann eine Erkrankung wie zum Beispiel Endometriose dahinterstecken. Hierbei lagert sich Gewebe, das der Uterusschleimhaut ähnelt, außerhalb des Uterus im Bauchraum ab, was zu starken Schmerzen führen kann. Endometriose wurde bisher bei vielen Frauen leider oft sehr spät diagnostiziert, weil sie als starke Periodenschmerzen abgetan wurde. Deshalb ist es umso wichtiger, rechtzeitig mit deiner Ärztin oder deinem Arzt zu sprechen.

Was hilft alles gegen Menstruationsbeschwerden?

- eine Wärmflasche (pass auf, dass sie nicht zu heiß ist) oder ein warmes Kirschkernkissen
- leichte Dehnübungen oder Spaziergänge
- Schlaf und Ruhe
- Solosex (entspannt den Uterus)
- Lachen!
- angenehme Gesellschaft
- entzündungshemmende, nichtsteroidale Medikamente, wie z. B. Ibuprofen. **Wichtig: Besprich dich auf jeden Fall mit einer erwachsenen Person deines Vertrauens, bevor du Medikamente nimmst, und beachte genau die Gebrauchshinweise auf dem Beipackzettel!**

Leider werden Periodenbeschwerden in unserer Gesellschaft noch häufig als etwas abgetan, mit dem Mädchen und Frauen klarkommen müssen. Ich möchte, dass du weißt, dass es völlig in Ordnung ist, sich in dieser Zeit auszuruhen oder krankzumelden, wenn du starke Schmerzen oder andere Beschwerden hast und ein normaler Tagesablauf nicht möglich ist. Damit bist du nicht zu schwach oder sensibel, sondern achtest auf dich und deinen Körper!

PMS – Was ist das?

PMS steht für Prämenstruelles Syndrom. Darunter versteht man körperliche und psychische Beschwerden, die üblicherweise einige Tage vor der Periode auftreten. Dazu zählen unter anderem körperliche Anspannung, Kopfschmerzen oder ein leichtes Ziehen in den Brüsten, aber auch Lustlosigkeit, Unruhe, Stimmungsschwankungen, Konzentrationsschwierigkeiten oder Niedergeschlagenheit. Welche Ursache PMS genau hat, konnte noch nicht herausgefunden werden. Es wird jedoch vermutet, dass hormonelle Schwankungen eine entscheidende Rolle spielen.

Wenn du unter PMS leiden solltest, kann es hilfreich sein, eine Gynäkologin oder einen Gynäkologen um Rat zu fragen.

Du bist nicht allein

Weißt du, dass genau in diesem Augenblick auf der ganzen Welt etwa 300 Millionen Menschen ihre Periode haben? Das sind mehr als die Einwohner von Frankreich, Italien, Deutschland, Spanien und Polen zusammen. Irre, oder?

Binden, Tampons und Alternativen

Während der Periode gibt es viele unterschiedliche Produkte, die das Menstruationsblut aufnehmen. **Lass dir vielleicht mal von einer erwachsenen Person deines Vertrauens die unterschiedlichen Optionen zeigen und erklären oder tausche dich mit Freundinnen aus.** Das kann dir helfen, dich damit vertraut zu machen.

Wusstest du, dass …

nicht überall Binden, Tampons oder Menstruationstassen benutzt werden? In vielen Regionen der Welt gibt es sie nicht zu kaufen, oder sie sind sehr teuer. Deshalb nutzen die Menschen dort Alternativen wie z. B. Baumwolllappen.

In vielen Ländern haben Mädchen und Frauen außerdem keinen freien Zugang zu Toiletten, um ihre Intimsphäre zu schützen. Das macht es für sie schwer, Menstruationsprodukte während der Periode zu wechseln.

Um auf diese Missstände aufmerksam zu machen, rief die Berliner Organisation WASH United den **Internationalen Tag der Menstruationshygiene** ins Leben. Dieser findet jedes Jahr am 28. Mai statt und soll Bewusstsein für die Probleme von Mädchen und Frauen weltweit schaffen und das Schweigen zum Thema Menstruation brechen.

Einwegbinde

Das ist eine längliche Einlage aus saugfähigem Material, die innen im Slip platziert wird. Damit sie besser hält, musst du das Papier vom Klebestreifen auf der Rückseite abziehen und die Binde unten mittig in den Slip kleben. Wenn die Binde zwei Flügel hat, löse auch hier die Schutzstreifen und klebe die Flügel unterhalb des Höschens auf beiden Seiten fest. So hält die Binde besser.

Einwegbinden kann man, wie der Name schon sagt, nur einmal benutzen. Um ihre Produkte dennoch ein bisschen nachhaltiger zu machen, verwenden einige Unternehmen seit einiger Zeit z. B. nur Biobaumwolle für die Binden und eine plastikfreie Verpackung.

Wusstest du, dass …

Frauen im Mittelalter höchstwahrscheinlich direkt in die Unterröcke ihrer Kleider bluteten? Erst gegen Ende des 19. Jahrhunderts gab es Gurte, die um die Hüften geschnallt wurden und an denen die entsprechenden Einlagen befestigt wurden. Solche Konstruktionen waren nötig, weil es Unterhosen, wie wir sie heute kennen, einfach noch nicht gab.

Saugfähigkeit der Binden

Die Hersteller von Damenbinden drucken auf die Verpackungen ihrer Produkte Symbole (meistens kleine Tropfen), die darüber informieren, wie viel Blut eine bestimmte Bindenart ungefähr aufnehmen kann. Binden mit einem Tropfen nehmen am wenigsten auf und sind damit genau richtig, wenn die Periode schwach oder die Monatsblutung bald vorbei ist. Binden mit vier Tropfen sind dagegen für starke Monatsblutungen geeignet. Für die Nacht gibt es spezielle Binden, die länger sind als die für den Tag.

Wechsele die Binden regelmäßig, am besten alle zwei oder drei Stunden. Nachts brauchst du es nicht zu tun, es sei denn, deine Periode ist sehr stark.

Wenn du morgens aufstehst, wirst du vielleicht merken, dass mehr Blut auf einmal ausfließt als sonst. Das ist ganz normal, weil sich das Blut nachts in der Vagina angesammelt hat.

Tampons

Ein Tampon ist wie ein kleiner Stöpsel aus saugfähigem Material mit einer daran befestigten Schnur. Er wird in die Vagina eingeführt und saugt sich dort mit der Monatsblutung voll, sodass das Blut nicht nach außen gelangt. Den Tampon einzuführen kann am Anfang etwas schwierig sein. Am besten funktioniert es, wenn man die Muskeln im Unterbauch entspannt. Lass dir Zeit beim Üben, dann klappt es bestimmt. Um den Tampon aus der Vagina zu bekommen, zieht man an der Schnur.

Tampons sind praktisch, wenn du Sport treiben möchtest, vor allem beim Schwimmen. **Aber denk dran, auch Tampons sollten regelmäßig gewechselt werden.** Achte außerdem darauf, dir jedes Mal vor dem Einführen und dem Rausziehen die Hände zu waschen, damit keine Bakterien in deine Vagina gelangen!

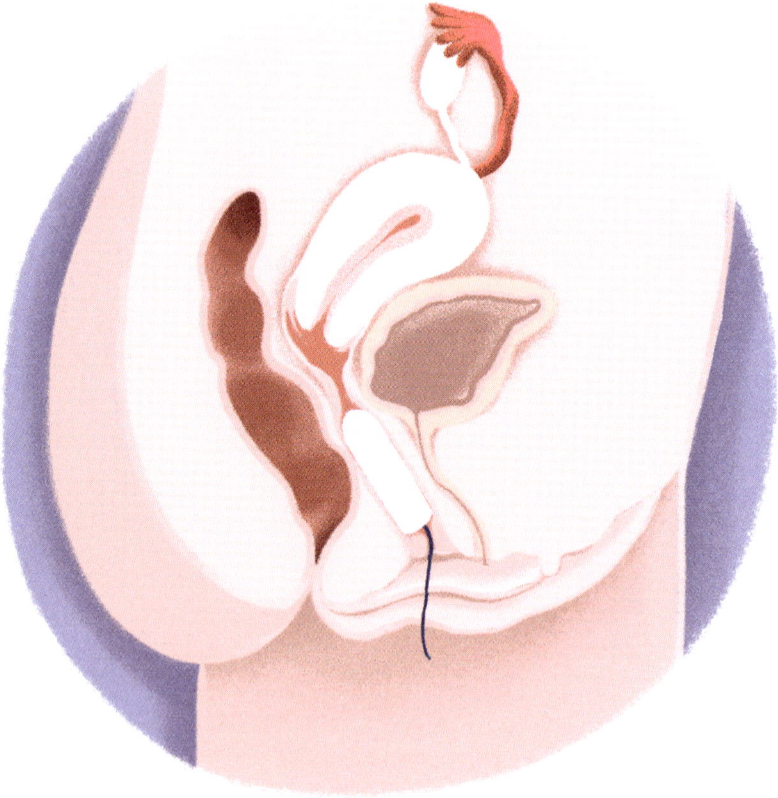

Tamponarten

Wie bei den Binden gibt es Tampons mit verschiedenen Saugfähigkeiten. Wenn du Tampons benutzen möchtest, fang am besten mit der kleinsten Größe an – meistens trägt sie die Bezeichnung »mini«. Damit kannst du das Einführen am besten üben.

Außerdem gibt es Tampons mit oder ohne Applikatoren. Ein Applikator ist ein kleines Röhrchen, das das Einführen des Tampons erleichtern soll.

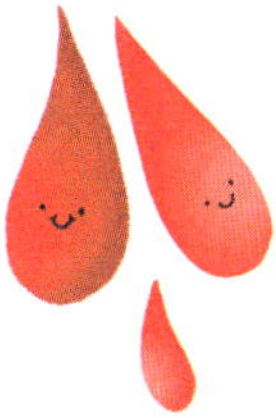

- **Tampon ohne Applikator** – wird mit dem Finger in die Vagina geschoben.
- **Tampon mit Applikator** – wird mithilfe des kleinen Röhrchens in die Vagina eingeführt. Den Applikator ziehst du dann einfach raus, wenn der Tampon in der Vagina ist.

Am besten probierst du am Anfang einfach ganz in Ruhe ein paar verschiedene Tamponsorten aus, bis du die gefunden hast, mit der du dich am wohlsten fühlst. Du kannst natürlich auch Freundinnen oder Verwandte nach Empfehlungen fragen.

Wichtige Fragen

Kann der Tampon in der Vagina verloren gehen?

Du kannst ganz beruhigt sein – dein Tampon kann nirgendwohin verschwinden! Die Vagina endet am Uterushals, und die Öffnung darin ist so klein, dass der Tampon keine Chance hat, durchzurutschen.

Wie führe ich einen Tampon ohne Applikator in die Vagina ein?

1. Wasch dir die Hände.
2. Versuch dich zu entspannen. Du kannst dich auch hinsetzen oder ein bisschen in die Hocke gehen.
3. Entferne die Schutzfolie vom Tampon, ziehe die am unteren Ende des Tampons eingewickelte Schnur nach unten und schiebe den Tampon vorsichtig mit dem Zeigefinger in die Vagina, und zwar von schräg vorne nach schräg hinten.
4. Richte dich auf und überprüfe, ob du den Tampon spürst. Wenn ja, kannst du ihn noch ein bisschen tiefer schieben.

Wie entferne ich den Tampon aus der Vagina?

1. Wasch dir die Hände.
2. Versuche wieder, die Muskeln rund um deine Vagina zu entspannen.
3. Ziehe jetzt an der Schnur des Tampons, bis er draußen ist. Fertig! Wickele den Tampon in ein Stück Toilettenpapier und wirf ihn in den Müll. Bitte wirf den Tampon (und generell alle Menstruationsprodukte) niemals in die Toilette!

Was ist das Toxische Schocksyndrom (TSS)?

Das ist eine seltene, aber ernst zu nehmende Infektionserkrankung, die durch ein Übermaß an bestimmten Keimen ausgelöst wird. Generell kann TSS bei allen Menschen auftreten, auch bei Männern. Bei Frauen ist aber eine Infektionsursache eine falsche Verwendung von Tampons oder Menstruationstassen. Denn diese sind für die Keime ein guter Ort, um sich zu vermehren. Wenn der dabei von ihnen abgesonderte Stoff in die Blutbahn gerät, kann es zu TSS kommen.

Einen eindeutigen Zusammenhang zwischen der Krankheit und der Verwendung von Menstruationsprodukten gibt es zwar nicht, trotzdem solltest du generell auf eine gute Menstruationshygiene achten, um das Risiko von TSS zu verringern. Denk daran, dir immer vorher die Hände zu waschen und die Tampons regelmäßig auszutauschen bzw. die Menstruationstassen regelmäßig auszuleeren und zu reinigen. Benutze außerdem Tampons mit der an deine Blutung angepassten Saugfähigkeit. Also nicht einfach eine größere Größe nehmen, damit du ihn seltener wechseln musst.

Menstruationstasse

Die Menstruationstasse ist eine kleine Silikontasse, die in der Vagina platziert wird und dort das Menstruationsblut auffängt. Dazu faltest du die Tasse und führst sie in die Vagina ein, wo sie sich dann wieder von selbst öffnet. Nach einigen Stunden kannst du die Tasse wieder rausziehen und das Menstruationsblut ausgießen. Die ausgeleerte Tasse kannst du mit Wasser reinigen und sie dann wieder in die Vagina einführen.

Das Einführen der Tasse braucht ein bisschen Übung. Hab also Geduld und mach dich in Ruhe mit der Tasse und deinem Körper vertraut. Für Mädchen, die ihre Periode noch nicht lange haben, gibt es spezielle Minitassen.

Das Tolle ist: Die Menstruationstasse ist kein Wegwerfprodukt. **Man kann sie sogar bis zu zehn Jahre lang benutzen!** Damit kannst du eine Menge Müll vermeiden.

Manche vertragen die Tasse auch besser als beispielsweise Tampons, da sie die Feuchtigkeit der Vagina nicht aufsaugt und diese dadurch nicht austrocknet.

Waschbare Binden

Das sind Stoffbinden aus Baumwolle, die nach Gebrauch in der Waschmaschine gewaschen werden. Wie auch Menstruationstassen sind waschbare Binden umweltfreundlicher als Einwegbinden, weil man sie vielfach benutzen kann.

Wusstest du, dass …

deine Oma wahrscheinlich auch waschbare Binden benutzte? Zu ihrer Zeit gab es nämlich noch keine Einwegbinden, oder sie waren nur sehr schwer zu bekommen. Deshalb nähten sich Frauen ihre Binden selbst oder benutzten Watte oder Mull.

Tampons gibt es in Deutschland erst seit Anfang der 1950er-Jahre zu kaufen und moderne Binden mit Klebestreifen sogar erst seit den 1970ern.

Periodenunterwäsche

Bei diesen speziellen Unterhosen ist die Monatsbinde gleich miteingebaut. Die Kombination aus unterschiedlichen Stoffschichten sorgt für Saugfähigkeit, die den ganzen Tag anhält, ohne dass sich die Unterhosen dick anfühlen. Nach dem Benutzen können sie wie wiederverwendbare Binden in der Waschmaschine gewaschen werden und sind damit auch ein umweltfreundliches Menstruationsprodukt. Periodenunterwäsche kann man im Internet in vielen Formen und Farben bestellen.

Nicht in die Toilette!

Wenn du während der Periode Einwegprodukte verwendest, wirf die benutzten Binden und Tampons nicht in die Toilette. Entweder verstopfen sie die Rohre oder gelangen ansonsten über das Abwasser in Meere und Ozeane. **Einwegbinden und Tampons bestehen zum Teil aus Plastik,** das Hunderte von Jahre braucht, um ganz zu zerfallen. Bis dahin driftet es lange durch die Meere und ist eine Gefahr für die dort lebenden Tiere.

Wohin stattdessen?

Benutze einen normalen Abfalleimer oder einen speziellen Behälter für Binden und Tampons. Wenn es in der Toilettenkabine keinen Mülleimer gibt (was leider vorkommen kann), wickele die Binde oder den Tampon in Toilettenpapier oder in ein Papiertaschentuch und wirf das Päckchen in den Abfalleimer im Vorraum der Toilette.

Flecken und Lecks

Binden verrutschen manchmal, Tampons lassen doch ein paar Tropfen Blut durch, und manchmal wirst du vielleicht auch von der Periode überrascht. (Wäre es nicht praktisch, wenn sie vorher eine kurze Nachricht schicken würde?) Besonders gerne kommt sie auch mitten in der Nacht.

Flecken während der Menstruation passieren jedem Mädchen und jeder Frau mal. Daran ist nichts merkwürdig oder beschämend.

Lachen und Niesen während der Periode

Wenn du während deiner Periode **laut lachen oder niesen musst, spürst du vielleicht für einen Moment einen verstärkten Blutfluss.** Das kommt daher, dass dein Bauch und die im Becken liegenden Muskeln (die Beckenbodenmuskeln) aktiviert werden und das Blut förmlich aus dir hinauskatapultieren. Das ist ganz natürlich und überhaupt nicht schlimm.

Periode und Geruch

Der Geruch der Menstruationsblutung erinnert ein bisschen an den Geruch von Metall. Das kommt von dem Eisen im Blut und ist ganz normal.

Werden Menstruationsprodukte eine längere Zeit nicht gewechselt, kann sich das ebenfalls im Geruch bemerkbar machen. Das ist ganz natürlich und nichts, wofür du dich schämen solltest. Regelmäßiges Wechseln hilft und sorgt außerdem für eine gute Menstruationshygiene.

Ein Tipp für dich:

Stell dir ein Periodentäschchen zusammen, in das du alles hineinpackst, was du für die Menstruation brauchst. Je nachdem, was du verwendest, kannst du ein paar Binden, Tampons, deine Menstruationstasse oder -unterwäsche hineintun. Hygienetücher und Desinfektionsspray können auch hilfreich sein, und ein kleiner Spiegel, damit du anfangs nachschauen kannst, wo der Tampon eingeführt werden muss.

Du musst nicht jeden Tag dein ganzes Periodentäschchen mit dir herumtragen, aber es macht Sinn, sicherheitshalber wenigstens ein Menstruationsprodukt immer dabeizuhaben. **Und wenn du es gerade nicht selbst benötigst, kannst du damit vielleicht einer Freundin aushelfen!**

Periodenkalender

Um den Überblick über deinen Zyklus zu behalten, kannst du in einem Kalender eintragen, wann du deine Tage hast (du kannst sie z. B. mit kleinen Herzchen oder einer Erdbeere markieren oder die Zahlen einkringeln). So kannst du genau nachzählen, wie lang deine Zyklen sind. Mit der Zeit wirst du dadurch vielleicht deine nächste Periode besser vorhersagen können.

Für die Beobachtung deiner Periode gibt es auch viele nützliche Apps. Bevor du sie jedoch verwendest, achte darauf, dass die Privatsphäre der Nutzerinnen geschützt wird und deine Daten an niemanden weitergegeben werden.

Wusstest du, dass …

Frauen früher im Verlauf ihres Lebens weniger Monatsblutungen hatten als heutige Frauen? Das war so, weil sie öfter schwanger waren, länger stillten und nicht so lange lebten.

Heutzutage gibt es viele verschiedene Verhütungsmethoden, um eine Schwangerschaft zu verhindern. Deshalb können Frauen sich bewusst entscheiden, ob sie Kinder haben möchten oder nicht.

Verhütungsmittel gibt es sowohl für Frauen als auch für Männer, und einige von ihnen verhindern nicht nur eine Schwangerschaft, sondern schützen auch vor sexuell übertragbaren Krankheiten (z. B. Kondome).

Menstruation und Sport

Während der Periode kannst du ganz normal Sport machen, wenn du das möchtest. **Hauptsache, es geht dir gut dabei!** Probiere einfach aus, welches Menstruationsprodukt dabei am besten für dich funktioniert.

Wenn du dich während des Unterrichts mal unwohl fühlst, sag es deiner Lehrerin oder deinem Lehrer. Du kannst auch mit einer Person deines Vertrauens darüber sprechen.

Es ist auch völlig in Ordnung, an diesen Tagen zu Hause zu bleiben, wenn du dich nicht wohlfühlst. Egal was andere darüber sagen – Periodenschmerzen sind echte Schmerzen!

Sollte man sich während der Periode öfter waschen?

Regelmäßig duschen reicht völlig. Wenn du aber das Bedürfnis haben solltest, dich mal zwischendurch zu waschen, dann tu es. Wichtig ist, dass du dich wohlfühlst!

Denk daran, immer nur deine Genitalien, also deine äußeren Geschlechtsorgane, zu waschen, d. h. nur die Vulva. Die Vagina reinigt sich selbst.

Können Menschen erahnen, dass ich gerade meine Tage habe?

Keiner wird es merken, solange du es nicht selbst erzählst. Und selbst wenn doch jemand etwas bemerken sollte, ist das auch nicht schlimm. Die Periode ist etwas ganz Natürliches, was alle Menschen mit einem Uterus regelmäßig erleben.

Das Perioden-Tabu

Bei uns bezeichnet man mit dem Wort »Tabu« etwas, über das nicht gesprochen wird, oder sogar etwas Verbotenes. Anthropologen (also Menschen, die sich mit der Geschichte der menschlichen Sitten und Bräuche beschäftigen) vermuten, dass die Periode früher ein Tabu war, vor allem weil die Menschen nicht verstanden, woher sie kam und was ihre Funktion war. Sie schrieben ihr magische Kräfte zu und hatten zum Teil sogar Angst davor. Deshalb wollten sie nicht darüber reden.

Leider gilt die Periode selbst heute noch in vielen Kulturen als Tabuthema. Auch in unserer Gesellschaft ist sie zum Teil immer noch etwas, über das lieber geschwiegen wird. Deshalb schämen sich viele Frauen für ihre Menstruation und haben Probleme, darüber zu reden.

Gespräche über die Periode

Über die Periode Bescheid zu wissen und darüber zu sprechen ist sehr wichtig. Und zwar nicht nur für die Menschen, die sie bekommen, sondern auch für alle anderen. Natürlich ist es wichtig für dich zu wissen, was in deinem Körper passiert. Doch auch Jungs und Männer sollten sich ohne Scheu darüber informieren können.

Leider wird aber in unserer Gesellschaft noch viel zu sehr dazu geschwiegen – sogar in den Schulen wird die Periode häufig nur sehr wenig thematisiert. Glücklicherweise ändert sich das jedoch seit einigen Jahren.

Versuche dich von dem Schweigen nicht abschrecken zu lassen. Wie du nun erfahren hast, ist für manche Leute die Periode nur deshalb ein Tabuthema, weil sie nicht gelernt haben, darüber zu sprechen. Doch das kann sich ändern. **Ein guter Anfang kann das gemeinsame Lesen in diesem Buch sein.**

Menstruation und Armut

Tampons, Binden, Menstruationsunterwäsche, Einlagen und eventuell Schmerztabletten – ganz schön viel, stimmt's?

Im Laufe ihres Lebens gibt eine Frau viel Geld für Dinge rund um ihre Periode aus. Natürlich gibt es Unterschiede, zum Beispiel wenn man statt Einwegprodukten wiederverwendbare Menstruationsartikel verwendet, die man nicht so oft nachkaufen muss. Nichtsdestotrotz kommt im Lauf des Lebens eine gewisse Summe an Geld zusammen.

Kein Wunder, dass sich manche Mädchen und Frauen das nicht leisten können. Im schlimmsten Fall stehen sie sogar vor der Wahl: Kaufe ich heute Binden oder Essen? Das sollte natürlich auf keinen Fall so sein!

Wusstest du, dass ...

Binden, Tampons und sogar Menstruationstassen in einigen Ländern kostenlos sind? Das ist zum Beispiel in Schulen in Neuseeland und in Schottland der Fall. Dort haben die Regierungen diese Maßnahmen durchgesetzt, um Menstruationsarmut zu bekämpfen und zu verhindern, dass Mädchen aufgrund von fehlendem Geld für Menstruationsprodukte Schulstunden versäumen.

In Deutschland gaben bei einer Umfrage von 2021 fast 73 % der befragten Frauen an, dass es für sie einfacher wäre, wenn es in öffentlichen Toiletten kostenlose Menstruationsprodukte gäbe. Bei jungen Frauen zwischen 16 und 24 Jahren waren es sogar 86 %. In einigen Restaurants oder Schultoiletten ist das auch bereits der Fall.

Eine gute Nachricht ist, dass es immer mehr Organisationen gibt, die Menstruationsprodukte sammeln und sie an Menschen, die sie sich nicht leisten können, verteilen (z. B. WASH United und Plan International Deutschland).

Auch wenn momentan noch nicht alle Frauen kostenlose Menstruationsprodukte zur Verfügung gestellt bekommen, gibt es auch andere Maßnahmen, die dazu beitragen, dass sich Frauen diese Produkte besser leisten können. Zum Beispiel sind in Großbritannien und Irland Periodenprodukte wie Binden und Tampons von der Mehrwertsteuer ausgenommen. In Deutschland gilt seit 2020 für diese Produkte zumindest ein geringerer Steuersatz von 7 % statt 19 %.

All diese Maßnahmen sind unfassbar wichtige Schritte in die richtige Richtung und nur möglich, weil Menschen nach und nach das Tabu um die Periode brechen und anfangen, darüber zu reden.

Die erste ärztliche Untersuchung

Wenn du zum ersten Mal deine Periode bekommen hast, ist danach ein guter Zeitpunkt für deinen **ersten Besuch bei einer Frauenärztin oder einem Frauenarzt.** Sie sind Expert*innen für die weiblichen Geschlechtsorgane.

Bei deiner ersten Untersuchung wird dir wahrscheinlich der Verlauf der Pubertät erklärt und vielleicht anhand eines Plastikmodells gezeigt, wie die weiblichen Geschlechtsorgane aussehen. Trau dich ruhig, hier alle Fragen und Sorgen loszuwerden.

Außerdem wird die Ärztin oder der Arzt überprüfen, ob dein Menstruationszyklus Auffälligkeiten zeigt, und dir Fragen zu deiner Periode stellen. Notiere dir deshalb vorher am besten schon das Datum deiner ersten und deiner letzten Menstruation.

Viele Mädchen fühlen sich wohler, wenn sie bei ihrer ersten Untersuchung mit einer Frau sprechen, also einer Gynäkologin oder Frauenärztin. Du kannst selbst entscheiden, ob das für dich eine Rolle spielt.

Wichtig ist, dass du dich wohlfühlst und das Gefühl hast, alle deine Fragen stellen zu können.

Du musst auch nicht allein zu dem Gespräch: Wenn du willst, kann deine Mutter oder eine andere erziehungsberechtigte Person mitkommen.

Ein paar rechtliche Fakten

In Deutschland ist die Ärztin oder der Arzt bis zu deinem 14. Lebensjahr verpflichtet, deine Eltern über die Untersuchung zu informieren, wenn sie sich danach erkundigen. Wenn du 14 oder älter bist, unterliegt die Ärztin bzw. der Arzt der ärztlichen Schweigepflicht und wird deinen Eltern nichts erzählen, wenn du es nicht möchtest.

Gründe für eine gynäkologische Untersuchung:

- Deine erste Periode kommt vor dem neunten Geburtstag.
- Deine Brust entwickelt sich bis zum 13. Lebensjahr gar nicht.
- Du bist über 16 und hattest noch keine Periode.
- Die Pausen zwischen den Regelblutungen dauern drei Monate oder länger.
- Dein Menstruationszyklus ist kürzer als 21 Tage oder länger als 45 Tage.
- Du bemerkst ungewöhnliche Blutungen aus der Vagina, hast starke Unterleibschmerzen oder andere, dich beunruhigende Symptome.
- Deine Menstruationsblutungen dauern sieben Tage oder länger.
- Deine Blutungen sind sehr stark, sodass du zum Beispiel die saugfähigsten Binden öfter als alle zwei Stunden und sogar nachts wechseln musst.

Viele Emotionen

Die Menstruation ist eine bedeutende Veränderung in deinem Leben und kann besonders am Anfang ziemlich aufregend und vielleicht auch stressig sein. Es wird sicher eine Weile dauern, bis du deinen Menstruationszyklus und den ganzen Ablauf kennst, aber nach einigen Zyklen wirst du mehr und mehr über deinen eigenen, ganz persönlichen Rhythmus wissen.

Es ist okay, wenn du während der Periode besonders auf dich achtest und dir an diesen Tagen so wenig wie möglich vornimmst, um dich ausruhen zu können. Bei starken Schmerzen ist die Periode auch ein legitimer Grund, sich krankzumelden, auch wenn darüber leider noch viel zu wenig gesprochen wird.

Für manche Frauen ist die Periode jedoch eine Zeit, in der sie mehr Energie haben. **Beobachte am besten deinen Menstruationszyklus und hör in dich hinein, wie du dich fühlst.**

KAPITEL 8

Was kannst du während der Pubertät für dich tun?

Weil sich in dieser Zeit so viel bei dir verändert, solltest du besonders gut auf dich und deinen Körper aufpassen. **In den letzten Kapiteln hast du schon einige Methoden kennengelernt. Hier findest du eine Zusammenfassung dieser und noch viele mehr!**

1. Ab ins Bett!

Versuche, während der Pubertät **mindestens acht bis neun Stunden zu schlafen.** Besonders jetzt braucht dein Körper Ruhe, um sich regenerieren zu können. Währenddessen sortiert dein Gehirn alle Informationen des Tages und sondert außerdem das Wachstumshormon ab – im Schlaf wächst du also besonders intensiv! Außerdem wird dein Immunsystem gestärkt und auf mögliche Bedrohungen vorbereitet. Der Spruch **»Schlafen ist gesund«** stimmt wirklich!

Wenn du noch mehr für deine Gesundheit tun willst, versuche jeden Tag etwa um dieselbe Zeit ins Bett zu gehen, und benutze ein paar Stunden vorher keine Smartphones, Tablets oder Computer. Ihr helles bläuliches Licht hält den Körper wach und erschwert das Einschlafen.

2. Lach, so viel du kannst

Lachen ist gesund: Es verbessert nicht nur sofort die Laune, sondern ist auch noch ansteckend (auf eine gute Art!). Wenn du lachst, wird dein Atem tiefer. Das ist das Signal für dein Nervensystem, dass du in Sicherheit bist und dich entspannen kannst. Außerdem massiert und lockert herzhaftes Lachen deinen Bauch und ist damit gut für die Verdauung. Lachen tut einfach nur gut!

Natürlich gibt es im Leben Momente, die schwer sind und in denen einem nicht zum Lachen zumute ist. **Versuche trotzdem, dir Gründe zum Lachen zu suchen.** Das kann ein Witz sein oder ein lustiger Film.

Mit Menschen zu lachen, bei denen du dich wohlfühlst, macht oft noch mehr Spaß, zum Beispiel mit deinen Freund*innen.

Eine wertvolle Fähigkeit ist auch, **über sich selbst lachen zu können.** Das hat nichts mit Auslachen zu tun, sondern bringt eher Leichtigkeit mit sich!

3. Hol dir einen Regenbogen auf den Teller

Erinnerst du dich noch daran, was am Anfang dieses Buchs stand? Dein Körper ist dein **Zuhause**, in dem während der Pubertät intensive Umbauarbeiten stattfinden. Dafür brauchst du Baumaterial, nämlich Nahrung. **Besonders wichtig sind die Stoffe, die für den Knochenbau gebraucht werden: Kalzium und Eiweiß.** Du findest sie zum Beispiel im Käse, in Eiern, Bohnen oder Mandeln.

Je mehr Gemüse und Obst du isst, desto besser. Versuche, jeden Tag einmal den Regenbogen rauf und runter zu essen, also Obst und Gemüse in verschiedenen Farben: z. B. einen Apfel (Rot), eine Möhre (Orange), eine Banane (Gelb), Spinat (Grün) und eine Pflaume (Violett).

Das heißt nicht, dass du dich nur von Obst und Gemüse ernähren sollst! Aber sie sind besonders wichtig für eine ausgeglichene und gesunde Ernährung. Und diese ist wichtig für einen gesunden Körper.

Natürlich sollte dich dein Essen satt machen und dir schmecken. Probier dich aus und finde heraus, welche Sachen dir schmecken, die auch gleichzeitig gut für deinen Körper sind. Vielleicht kannst du ja auch mal mit deiner Familie oder Freund*innen kochen.

4. Hab keine Angst vor Nähe!

Eine Berührung hat eine interessante Wirkung. Wenn du eine vertraute Person umarmst oder selbst umarmt wirst, wird dein Herz langsamer und ruhiger, und deine innere Unruhe nimmt ab. Umarmungen stärken sogar das Immunsystem!

Erzwungene Nähe funktioniert allerdings nicht. **Vergiss nicht: Niemand hat das Recht, dich zu umarmen oder zu berühren, wenn du das nicht möchtest.** Das gilt natürlich auch andersherum: Du solltest auch niemanden umarmen und berühren, wenn er oder sie das nicht will.

5. Wenn du möchtest, schreib Tagebuch

Erinnerst du dich an die leeren Zeilen, die du am Anfang dieses Buchs ausgefüllt hast? Mach das ruhig öfter, wenn du merkst, dass es dir guttut und Spaß macht. **Manchmal lassen sich die eigenen Gefühle und Gedanken besser verstehen, wenn man sie aufschreibt.** Ein Tagebuch ist eine super Methode, die eigenen Erlebnisse und Gefühle einzuordnen und Ideen zu sammeln. **Du kannst in das Tagebuch auch etwas zeichnen oder reinkleben!**

Ich kenne viele erwachsene Frauen, die in ihrer Pubertät angefangen haben, ein Tagebuch zu führen, und es immer noch tun. Das Schreiben ist für sie eine wichtige Möglichkeit, Erlebnisse und Gefühle zu verarbeiten. Es gibt sogar Tagebücher, die durch Passwörter oder Schlösser vor neugierigen Augen geschützt sind!

6. Horche in deinen Körper hinein

Alle Emotionen, Gefühle und sogar Gedanken können sich auch im Körper bemerkbar machen. Wenn wir wütend sind, beißen wir zum Beispiel oft die Zähne aufeinander oder ballen die Fäuste, und das Herz schlägt schneller. Freude gibt ein Gefühl von Wärme, das sich oft auch im Bauch breitmacht. Bei Angst wird der Körper in Alarmbereitschaft versetzt, um darauf z. B. mit Kämpfen oder Weglaufen reagieren zu können.

Wenn du die verschiedenen Zeichen im Körper wahrnehmen und zusätzlich erkennen kannst, mit welchen Emotionen sie verknüpft sind, ist das eine wertvolle Fähigkeit, durch die du dich noch besser kennenlernst. Das kann man auch üben.

Wie wäre es zum Beispiel mit einem kleinen Ritual vor dem Einschlafen? Wenn du im Bett liegst, versuche, in dich hineinzuhorchen und nachzuspüren, wie es den einzelnen Teilen deines Körpers geht. Vielleicht spürst du ein Pulsieren, Wärme, Kribbeln, Kälte – oder nichts. All das ist in Ordnung und kann dir helfen, deinen Körper und deine Gefühle besser kennenzulernen.

7. Finde deine Form der Bewegung

Unsere Körper wollen sich bewegen: Ob Fußball, Tanzen, Fahrradfahren, Laufen, Klettern, Yoga, Schlittschuhlaufen oder Reiten – es gibt endlos viele Möglichkeiten! Wenn du kein großer Sportfan bist, ist das auch völlig in Ordnung – ein Spaziergang tut dir auch gut. Du wirst bestimmt eine Sportart oder Form der Bewegung finden, die dir Spaß macht. **Probier dich einfach aus!**

Bewegung ist wie Nahrung für deinen Körper, sie gibt ihm Kraft (genau wie das Essen!) und kann sich positiv auf deine Stimmung auswirken. Denn wenn du dich bewegst, werden in deinem Körper **Endorphine – also Glückshormone –** ausgeschüttet.

Lass dich nicht entmutigen, wenn dir der Sport in der Schule keinen Spaß macht. Du musst nicht unbedingt auf Mannschaftssportarten stehen oder es klasse finden, für irgendwelche Übungen benotet zu werden. Das ist okay! Zum Glück kann man sich auch außerhalb der Schule bewegen, zum Beispiel schwimmen, spazieren oder Fahrrad fahren, Skateboarden oder Inlineskaten.

Hier sind ein paar Ideen für sportliche Aktivitäten außerhalb der Schule:

- Joggen
- Fahrradfahren
- Seilspringen
- Tanzmoves auf YouTube oder TikTok lernen
- Frisbee spielen

8. Finde dein Rudel

Such dir Menschen, mit denen du gern zusammen bist und bei denen du dich nicht verstellen musst. Achte auf deine Freundschaften und sei auch selbst eine gute Freundin: **Sei eine aufmerksame Zuhörerin, steh zu deinem Wort und erzähle die Geheimnisse anderer nicht weiter.**

KAPITEL 9

Wann ist die Pubertät zu Ende?

Nach deiner ersten Periode wirst du vielleicht zu hören bekommen: »Herzlichen Glückwunsch, jetzt bist du eine Frau!« Aber ganz so einfach ist das nicht. **Wenn du 11 oder 14 Jahre alt bist, bist du noch keine erwachsene Frau – und du musst dich auch noch nicht wie eine fühlen!**

Die erste Menstruation ist kein Zauberstab, der aus einem Mädchen über Nacht eine Frau macht. Wie du inzwischen weißt, entwickelt sich dein Körper nach und nach und in seinem eigenen Tempo. Die damit verbundenen Veränderungen sind zwar ungefähr um das 18. Lebensjahr herum abgeschlossen – es kann aber noch länger dauern, bis du dich an sie gewöhnt hast. Auch wenn man in den meisten Ländern Europas ab dem 18. Geburtstag als erwachsene Person gilt, ist dieser Zeitpunkt in Wirklichkeit nur der Beginn deines Lebens als erwachsener und reifer Mensch. **Du wirst dich dein ganzes Leben lang weiterentwickeln, indem du dich selbst, die Welt und andere Menschen kennenlernst und dir immer mehr Wissen, Klugheit und Selbstbewusstsein aneignest.**

Frag mal eine dir nahestehende erwachsene Person, wann sie das Gefühl hatte, erwachsen zu sein. Woran hat sie das gemerkt? Was hat sich für sie verändert?

Wenn du magst, frag gleichere mehrere erwachsene Personen in deiner Familie oder in deinem Freundeskreis. Du wirst bestimmt einige interessante Dinge über sie erfahren!

Vergiss nicht: Jeder Mensch entwickelt sich anders und geht seinen eigenen Weg. Auch deine Entwicklung ist komplett einzigartig!

Schreib hier auf, was es für dich bedeutet, erwachsen zu sein:

Und hier kannst du die interessantesten Antworten anderer Leute aufschreiben:

Schau dir diese Notizen immer mal wieder an. Wenn dir etwas Neues einfällt, füge es hinzu, und wenn du mit bestimmten Aussagen nicht mehr einverstanden bist, streiche sie.

Geh aufmerksam durchs Leben und probier dich aus. Hör auf dich selbst und bleib offen für Neues.

Geh deinen eigenen Weg!

Wenn du möchtest, kannst du die nächsten Seiten ausfüllen und sie immer mal wieder durchblättern.

MEINE ERSTE MENSTRUATION

DATUM:

ORT:

IN WELCHER SITUATION HABE ICH ES BEMERKT?

WIE HABE ICH MICH GEFÜHLT?

WEM HABE ICH DAVON ERZÄHLT?

Das wünsche ich mir für die Zukunft:

Diese Dinge mache ich gerne:

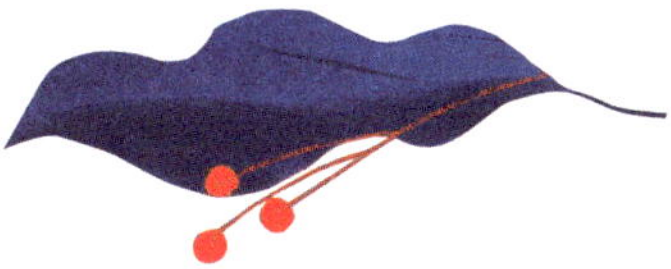

Diese Dinge machen mich fröhlich:

Für ihre Hilfe und Unterstützung bei der Erstellung dieses Buches möchte ich mich von ganzem Herzen bei diesen Personen bedanken: Ewa Barcz, Alicja Długołęcka, Katarzyna Gałązka, Kasia Jabłońska-Kuśmierek, Małgorzata Kosińska, Karolina Oponowicz, Kamila Raczyńska-Chomyn, Agnieszka Stein, Sylwia Szwed, Aleksandra Wierzbicka.

Ewa Kwiatkowska und Ewa Pietruszczak danke ich für ihr Vertrauen und dafür, dass sie mich beim Schreiben beflügelt haben.

Und Maciek – für alles.

Danksagung

Diese Seite widmen wir den Menschen, die moonka ihr Vertrauen geschenkt haben, als das Projekt noch in der Fundraising-Phase war. Unsere Unterstützer*innen haben nicht nur dazu beigetragen, das erste Handbuch über Bodypositivity in der Pubertät für Mädchen herauszugeben, sie haben uns auch in der Überzeugung bestärkt, dass es engagierte Mitmenschen gibt, die etwas verändern wollen. Ihr seid Menschen, denen bewusst ist, dass Wissen über die Pubertät wichtig und notwendig ist. Für dieses Vertrauen sind wir unendlich dankbar.

Deshalb einen großen Dank an: Krystyna Belka, die Bieluń-Schwestern von Ministerstwo Dobrego Mydła, Anja Brzezińska, Arkadiusz Falecki, Łukasz Gaszyński, Maria Górska-Piszek, Anka Jabłońska, Danusia Janiak-Herman, Klaudia Kotowska, Aleksandra und Iliana Kowalczyk, Marta Kozłowska, Aleksandra Mazurek, Olga Leonowicz, Agnieszka Leśny, Doris Nawrot, Anna Nowosad, Katarzyna Orzeszko, Karol und Ewelina Podgórczyk, Agata Rychlik, Maria Ryll, Sebastian Szklarz, Agata Wala, Anna Werner, Konrad Witkowski, Your KAYA, Roma Zaborowska.